Edgar Wallace

Töchter der Nacht

The Daughters of the Night

Kriminalroman

Aus dem Englischen von
Gregor Müller

GOLDMANN

Umwelthinweis:
Alle bedruckten Materialien dieses Taschenbuches
sind chlorfrei und umweltschonend.

Jubiläumsausgabe
Februar 2000

Umschlaggestaltung: Design Team München
Druck: Elsnerdruck, Berlin
Krimi: 05361
Herstellung: sc
Made in Germany
ISBN 3-442-05361-7

I

Ungeduldig wartend saß Jim Bartholomew in Stiefeln und Sporen auf der Ecke des großen, schweren Eichentisches und beobachtete die Uhr auf dem Kamin. Er sah noch sehr jung aus, war aber bereits Direktor der wichtigsten Zweigniederlassung der South Devon Bank. Sein Vater war bis zu seinem Tod Generaldirektor des ganzen Unternehmens gewesen und hatte wahrscheinlich dafür gesorgt, daß sein Sohn so frühzeitig diese gute Position erhielt.

Es gab ja wohl Leute, die in Jim nur den gutgekleideten jungen Mann sahen, der elegante Pferde liebte und außer Fuchsjagden und Vergnügungen keine anderen nennenswerten Interessen hatte. Allerdings hatten diese Leute nie mit ihm geschäftlich zu tun gehabt, sonst hätten sie ihr Urteil über ihn revidiert.

Er sah auf seine Taschenuhr und seufzte.

Heute lag wirklich kein Grund vor, pünktlich bis zum Schluß der Bürostunden zu bleiben. Gestern war in Moorford Markttag gewesen, und heute morgen hatte er die Kasseneinnahmen mit dem Zug nach Exeter gesandt.

Aber in der Regel genierte sich Jim einfach vor seinem Assistenten. Dieser Mann amüsierte und verärgerte ihn zugleich. Einerseits bewunderte er seine gewissenhafte Pflichterfüllung, anderseits regte es ihn auf, wenn Stephen Sanderson die Vorschriften zu wörtlich und buchstäblich auslegte.

Er sah noch einmal auf die Uhr, nahm die Reitpeitsche vom Tisch und ging ins Büro seines Assistenten hinüber.

Stephen Sanderson schaute auf, als der Direktor eintrat, und warf dann einen Blick auf die laut tickende Uhr über der Tür.

»In zwei Minuten schließen wir, Mr. Bartholomew«, sagte er nicht ohne vorwurfsvollen Unterton.

Er war zweiundvierzig Jahre alt und arbeitete sehr fleißig und erfolgreich. Die Ernennung Jim Bartholomews zum Direktor hatte eine ehrgeizige Hoffnung seines Lebens zerstört, und aus diesem Grund konnte er keine besondere Zuneigung zu seinem Vorgesetzten aufbringen.

Bartholomew war ein Mann, dem mehr das Leben in der freien Natur zusagte. Er hatte den Weltkrieg mitgemacht und sich ausgezeichnet, und er liebte Sport, Tanz, Gesellschaft. Sanderson dagegen arbeitete unermüdlich. Ihm kam es darauf an, sich hervorzutun. Am wohlsten fühlte er sich, wenn er zu Hause in seiner Bibliothek sitzen und sich neue Kenntnisse aneignen konnte. Außerdem hatte er noch ein Hobby oder, wenn man will, eine Schwäche – und sehr zu Stephens Leidwesen war ihm Jim Bartholomew dahintergekommen.

»Was soll's?« meinte Jim lächelnd. »Der Tresorraum ist schon geschlossen – und die zwei Minuten werden gleich um sein!« Als Sanderson nur die Nasenwinkel hochzog, ohne vom Schreibtisch aufzusehen, fragte Jim gutmütig: »Nun, was machen Ihre kriminalistischen Studien?«

Der Mann wurde rot und legte ärgerlich die Feder nieder.

»Mr. Bartholomew, dagegen muß ich aber protestieren! Sie spotten über meine Bemühungen, die eines Tages der Bank noch großen Vorteil bringen können.«

»Sicher, sicher«, beruhigte ihn Jim. »Ich wollte Sie ja auch gar nicht kränken.«

Sanderson zog einen großen Briefumschlag aus seiner Schreibtischschublade.

»Ich habe kürzlich von einem guten Bekannten, mit dem ich korrespondiere, die Unterlagen eines berühmten Falles erhalten. Ich könnte Ihnen nur raten, sich die Sache einmal anzusehen –«, sagte er mit Nachdruck. »Sie würden sich doch sehr wundern und Ihre skeptischen Bemerkungen unterlassen.«

Wenn Mr. Sanderson erregt war, hörte man deutlich seinen nördlichen Akzent. Das war immer ein gefährliches Zeichen, wie Jim Bartholomew wußte.

»Aber, mein lieber Freund, es ist tatsächlich ein ausgezeichnetes Studium, und ich gratuliere Ihnen nur dazu. Als ich während des Krieges im Marinenachrichtendienst tätig war, dachte ich selbst daran, Detektiv zu werden.«

Wieder sah Mr. Sanderson auf die Uhr.

»Nun, ich will Sie nicht aufhalten – Sie müssen ja gehen«, sagte er mit besonderer Betonung.

Jim verließ lachend die Bank.

2

Auf der Straße wartete sein Reitknecht mit dem Pferd. Jim Bartholomew stieg in den Sattel und ritt schnell durch die Stadt und die leichte Anhöhe hinauf. Als er die kleine Villenkolonie hinter sich hatte, kam er zu einer Art Talsenkung, die ›Teufelskessel‹ genannt wurde.

Auf der anderen Seite der Schlucht wartete jemand, ebenfalls zu Pferde. Deutlich hob sich die Gestalt im Sattel vom westlichen Horizont ab. Er entschied sich zum kürzesten Weg und ritt den steilen Abhang hinab zum Talkessel, in dem Felsblöcke herumlagen.

Die junge Dame, die ihn drüben erwartete, hatte im Herrensattel gesessen, nahm nun aber einen Fuß aus dem Steigbügel und schwang das Bein über den Pferdehals, um es sich bequemer zu machen. Die untergehende Sonne spiegelte sich in ihren glänzenden Reitstiefeln.

Sie hielt die Hände über dem Knie gefaltet und sah lächelnd und belustigt Jim entgegen, der sich mühsam mit dem Pferd den Hang hinaufarbeitete.

Margot Cameron hatte ein Gesicht, wie es französische Künstler mit Vorliebe zu malen pflegten. Ihre roten Lippen zogen die Aufmerksamkeit auf sich, und daneben fiel die Röte der Wangen nicht ins Gewicht. Wenn man sie aus der Nähe betrachtete, bemerkte man, daß dieses feurige Rot natürlich war und nicht künstlich vorgetäuscht wurde. Und genauso echt waren ihre vollen, goldbraunen Locken.

Jim schwenkte schon von weitem den Hut zum Gruß und ritt dann auf sie zu.

»Wissen Sie –«, empfing ihn die junge Dame, »eben kam mir so richtig zum Bewußtsein, daß Sie für Ihren Lebensunterhalt arbeiten.«

»Ich halte die Bürostunden ein. Das ist etwas ganz anderes als das, was Sie meinen. Wenn Sie schon so lange in England sind und noch nicht herausgefunden haben, daß die englischen Geschäftsleute nicht vor zehn Uhr morgens zu arbeiten anfangen, nachmittags um drei bereits zum Tee gehen und um vier Uhr das Geschäft schließen, dann haben Sie allerdings noch nicht viel gelernt!«

Ihre Augen blitzten fröhlich. Sonst war sie im allgemeinen ziemlich ernst, aber die Gegenwart Jim Bartholomews stimmte sie heiter. Sie schwang sich in den Sattel zurück und schob den rechten Fuß wieder in den Steigbügel.

Einige Zeit ritten sie schweigend nebeneinander her.

»Nach allem glaube ich«, sagte Jim nach einer Weile, »daß ich Sie vielleicht nur noch ein einziges Mal sehen werde vor Ihrer Abfahrt nach den Vereinigten Staaten?«

Sie nickte.

»Und wie lange bleiben Sie fort?« fragte er.

»Ich weiß es nicht«, erwiderte Margot. »Meine Pläne für die Zukunft sind noch ziemlich ungewiß. Im Augenblick hängt alles davon ab, was Frank und Cecile beschließen. Sie sprachen schon davon, daß sie sich in England etwas kaufen und ein paar Jahre hierbleiben würden. Frank ist zwar nicht gerade erbaut davon, daß ich allein leben soll, andererseits . . .«

Sie vollendete den Satz nicht.

»Nun, was wollten Sie sagen?« fragte Jim interessiert.

»Andererseits wäre es ja nicht ausgeschlossen, daß ich selbst auch in England bliebe.«

»Ach ja –«, sagte Jim leise.

»Würden Sie es gerne sehen?« fragte sie spontan.

»Nein –«, erwiderte er offen, »ich glaube eigentlich nicht. Aber Ihre Anwesenheit hier war sehr angenehm für mich. Wenn Sie nicht ein so großes Vermögen besitzen würden, wäre vielleicht alles bedeutend leichter . . .«

Sie wartete, aber er sprach nicht weiter, und sie wollte ihn auch nicht fragen. Sie hatten die wilde Moorgegend erreicht. Fern am Horizont erhob sich Hay Tor und sah fast wie eine blaugraue Wolke aus. Unten im Tal zog sich als silbernes Band der Dart-Fluß durch die grüne Landschaft.

»Dies ist der einzige Platz in England, wo es sich zu leben lohnt«, sagte sie und atmete tief.

Jim hielt sein Pferd an und zeigte mit der Reitpeitsche über das Moor hin.

»Sehen Sie dort drüben das weiße Haus? In Wirklichkeit ist es gar keins. Ich glaube, es wurde als Irrenhaus gebaut und war dann das Jagdschloß eines Kaisers.«

»Ja, ich sehe es«, erwiderte sie und hielt die Hand über die Augen, um das grelle Sonnenlicht abzuhalten.

»Es heißt Tor Towers. Haben Sie schon einmal Mrs. Markham getroffen?«

»Markham?« wiederholte Margot und runzelte die Stirn. »Nein, ich glaube nicht.«

»Sie stammt auch aus den Vereinigten Staaten und ist eine steinreiche Dame.«

»Ach, eine Amerikanerin? Merkwürdig, daß wir uns nie begegnet sind, nachdem wir doch ein ganzes Jahr in der Gegend lebten.«

»Ja – ich selbst habe sie auch nur ein einziges Mal gesehen«, versicherte Jim. »Sie ist eine Kundin unserer Bank. Aber gewöhnlich wird sie von Sanderson bedient, der sie auch berät, wenn sie irgendwelche Fragen hat.«

»Ist sie jung oder alt?«

»Oh, noch sehr jung«, antwortete Jim begeistert. »Und sie ist so schön wie ... Nun, haben Sie das Gemälde ›Der tote Vogel‹ von Greuze im Louvre gesehen? Sie erinnert mich an dieses schöne Bild, und man könnte sich ganz gut denken, daß Greuze es nach ihr gemalt habe, obwohl das natürlich schon zeitlich ausgeschlossen ist. Auch die Farbe der Haare stimmt nicht.«

Sie sah ihn an und zog erstaunt, vielleicht auch belustigt, die Augenbrauen hoch.

»Ach, das ist ja merkwürdig –«, sagte sie mit spöttischem Ernst, »diese Begeisterung ...«

»So dürfen Sie es nicht auffassen«, erwiderte er, wurde aber trotzdem rot. »Ich habe sie nur ein einziges Mal gesehen.«

»Nur einmal? Sie hat aber allem Anschein nach einen tiefen Eindruck auf Sie gemacht.«

»In gewisser Weise, ja«, gab er zu. »In mancher Beziehung auch nicht.«

»Ich weiß nicht recht, wie ich das verstehen soll.«

»Wenn man sie zuerst sieht, muß man sie bewundern. Und doch geht etwas Trauriges von ihr aus, was ansteckend wirkt.«

Margot lachte kurz auf.

»Nun, durch eine gewisse melancholische Stimmung macht man am sichersten Eindruck auf einen Mann. Wollen wir zurückreiten?«

Sie lenkte ihr Pferd auf einen Weg, der zum Tal des Dart-Flusses und von dort zurück nach Moorford führte.

»Warten Sie einen Moment!« Jim hielt sein Pferd an, und als Margot sich umdrehte, bemerkte sie, daß er sie bewundernd ansah. Tiefe Verehrung und Zuneigung lag in seinem Blick. »Margot, ich werde Sie jetzt lange nicht mehr sehen«, begann er stokkend. »Sie gehen fort, und wer weiß, ob Sie je zurückkommen. Und wenn Sie diesen Platz verlassen haben, den wir beide so schön finden, dann ist er nur noch eine entsetzliche Einöde.«

Sie schwieg und sah an ihm vorbei in die Ferne.

»Ich muß hier ausharren und werde so leicht nicht mehr loskommen, denn die Arbeit in der Bank hält mich fest. Mag sein, daß das die einzige Beschäftigung ist, für die ich tauge, und womöglich bleibt es dabei und geht mein ganzes Leben so weiter, bis ich ein alter Mann von siebzig Jahren bin und einen kahlen Schädel habe. Eigentlich bin ich ja nicht zum Bankdirektor geboren«, sagte Jim etwas lebhafter. »Es war mir alles andere als vorbestimmt, eines Tages in einem Büro an einem grünen Tisch zu sitzen, um Leuten den Standpunkt klarzumachen, die einen Kredit von tausend Pfund verlangen, wenn ihre Einlage auf der Bank nur fünfhundert Pfund beträgt. Nein, ich sollte zur See gehen – oder wenn ich schon etwas mit einer Bank zu tun haben müßte, so wäre ich lieber ein Bankräuber. Im Grunde meines Herzens bin ich eigentlich verbrecherisch veranlagt, aber ich habe nicht genug Unternehmungsgeist.«

»Warum erzählen Sie mir das alles?« fragte sie und schaute ihn groß an.

»Weil –«, sagte Jim und richtete sich im Sattel auf, »das alles zu der großen, wichtigen Tatsache hinführt, daß ich Sie liebe. Sie sollen das Land nicht verlassen, ohne daß ich Ihnen das gesagt habe. Nein, warten Sie einen Augenblick –«, bat er, weil er glaubte, daß sie etwas erwidern wollte, während ihr in Wirklichkeit nur das Atmen schwerfiel. »Ich weiß, was Sie sagen wollen – Sie finden, ich hätte es nicht sagen dürfen. Aber ich fühle mich freier und wohler, wenn Sie wissen, daß ich Sie liebe. Ich mache Ihnen keinen Heiratsantrag, das wäre unfair von mir. Ich wollte Ihnen einfach sagen, daß ich Sie liebe und daß ich arbeiten werde – ich will diese langweilige, graue Stadt verlassen ... Eines Tages vielleicht ...«

Er sprach immer zusammenhangloser.

Sie lachte leise, obwohl sie gegen die Tränen ankämpfte, die ihr in die Augen stiegen.

»Jim, Sie sind ein sonderbarer Mann – erst machen Sie mir einen Antrag, und dann nehmen Sie ihn gleich wieder zurück. Was soll ich Ihnen antworten? Höchstens dies – ich werde Ihnen gegenüber nie die Rolle der schwesterlichen Freundin spielen.

Übrigens – ich habe Cecile versprochen, Sie zum Tee mitzubringen!«

Jim schluckte und seufzte tief. Er trieb sein Pferd an, und gleich darauf war er an ihrer Seite.

»So, das wäre also erledigt!« sagte er.

»Nun«, meinte Margot, »zu bemerken wäre vielleicht noch, daß Ihre Ansichten nicht immer meine Ansichten sind. Und jetzt wollen wir noch recht viel über die schöne Mrs. Markham plaudern!«

Das taten sie, und sie sprachen auch noch über viele andere Dinge, bis sie durch den großen steinernen Torbogen von Moor House ritten, dem schönen Herrensitz am Rande von Moorford, den die Camerons für diesen Sommer gemietet hatten.

3

Frank Cameron, ein großer, hübscher Amerikaner, war etwa fünfunddreißig Jahre alt. Als die beiden eintrafen, kam er gerade vom Tennisplatz zurück und grüßte Jim und seine Schwester schon von weitem.

»Ich hatte Besuch von Ihrem Assistenten«, sagte er, nachdem der Reitknecht die Pferde weggeführt hatte und Margot ins Haus gegangen war.

»Von Sanderson?« fragte Jim erstaunt. »Zum Teufel, was hat der hier zu suchen? Haben Sie Ihr Konto überzogen?«

Frank grinste.

»Nein, um so prosaische Dinge handelt es sich nicht. Er kam in einer viel interessanteren Angelegenheit. Sie wissen doch wahrscheinlich, daß er Amateurdetektiv ist?«

Jim seufzte.

»Er ist doch nicht etwa hiergewesen, um irgendein Verbrechen aufzuklären?«

»Das gerade nicht«, lachte Frank, »aber vor einem Monat bat er mich, ihm ein Empfehlungsschreiben an einen persönlichen Freund von mir zu geben. Zufällig erwähnte ich einmal, als ich auf der Bank war, daß ich den berühmten Staatsanwalt John Rogers besonders gut kenne. Er ist als hervorragender Kriminalist bekannt und besitzt die umfangreichste Fachbibliothek in den Vereinigten Staaten. Schließlich gab ich Sanderson die Empfehlung an John Rogers, und heute machte er mir nun, im Zusammenhang damit, einen Besuch. Allem Anschein nach hat John ihm eine Reihe interessanter Angaben übermittelt, und Sanderson ließ sich von mir verschiedenes erklären. Vor allem wollte er sich über die Stellung der Gouverneure in den einzelnen Bundesstaaten und über ihre Vollmachten orientieren, ebenso über ihr Begnadigungsrecht.«

»Wozu braucht er denn das alles?« fragte Jim überrascht. »Mir erzählt er so etwas nicht – mir schenkt er in dieser Beziehung kein Vertrauen. Ich habe ihn in letzter Zeit ja auch öfter wegen dieser Liebhaberei aufgezogen, und infolgedessen steht er momentan etwas gespannt zu mir.«

Während sie sich unterhielten, führte Frank Cameron Jim in sein Arbeitszimmer, nahm ein Blatt Papier in die Hand und überflog es.

»Ich habe mir da ein paar Notizen gemacht, nachdem er gegangen war, und ich muß schon sagen, Bartholomew, dieser Sanderson ist nicht ganz so verdreht, wie es den Anschein hat. Es handelt sich kurz um folgendes: Hier in England arbeitet zur Zeit eine Verbrecherbande, die unter dem romantischen Namen ›Die vier Großen‹ bekannt ist. Drei von ihnen sind Amerikaner, der vierte stammt aus Spanien, gibt sich aber als Italiener namens Romano aus. Daß Romano der Verbrecherwelt angehört, ist erwiesen. Die anderen drei, der Polizei in verschiedenen Ländern bekannt, sind Mr. und Mrs. Trenton und Talbot, ein alter, erfahrener Fälscher. Unter diesem Namen treten sie gewöhnlich auf. In Wirklichkeit können sie ganz anders heißen.«

»Aber was hat denn das mit uns zu tun?«

»Warten Sie einen Augenblick, ich möchte Ihnen die Sache etwas genauer erklären. Ich glaube, daß Ihr Assistent auf der rechten Spur ist. Es besteht gar kein Zweifel, daß diese vier Verbrecher sich augenblicklich hier in England aufhalten und sehr aktiv sind. Sie werden von den Polizeidirektionen fast aller europäischer Länder gesucht, vor allem aber von den amerikanischen Behörden. Sanderson hat nun mit viel Mühe und Fleiß den Nachweis erbracht, daß es sich bei der ganzen Serie von Juwelendiebstählen, die im letzten Jahr in Paris und London ausgeführt wurden, immer um ein und dieselbe Bande handelte, eben um die erwähnten ›vier Großen‹.«

»Oh, ja, ich weiß. Fast jede Nummer unserer Fachzeitschrift enthält irgendeine Warnung vor diesen Leuten. Und vermutlich hat Sanderson seine Kenntnisse hauptsächlich aus dieser Zeitschrift geschöpft. Dazu kommen noch die vertraulichen Mitteilungen, die die Bankiers erhalten, nicht nur von den Bankiervereinigungen aller Länder, sondern vor allem von den Polizeidirektionen.«

»Das hat er mir auch erzählt. Aber er hat sich nicht damit begnügt – von sich aus hat er an die großen Polizeidirektionen geschrieben und Beschreibungen der bekanntesten Juwelen- und Bankdiebe erhalten. In einigen Fällen hat man ihm auch Fotografien geschickt. Vor allem bei meinem Freund John Rogers scheint sich der Vorstoß gelohnt zu haben, denn Rogers wollte ihm einen ganzen Stoß von Fotografien und Material zukommen lassen. Wenigstens hat er dies in seinem Brief angekündigt. Diese Unterlagen waren noch nicht eingetroffen, als Sanderson mich besuchte, aber solche Sendungen brauchen ja immer etwas länger.«

»Was für Zukunftspläne hat Sanderson denn?« erkundigte sich Jim. »Will er zur Polizei gehen? Hat er Ihnen das vielleicht auch im Vertrauen mitgeteilt?«

»Ja. Und da er mir weiter keine Schweigepflicht auferlegt hat, kann ich es Ihnen ja ruhig erzählen. Aber ich möchte Sie doch bitten, Bartholomew, ihn nicht damit aufzuziehen!«

»Natürlich werde ich das nicht tun«, verteidigte sich Jim. »Hätte ich gewußt, daß er die Sache so ernst und gewissenhaft betreibt, dann hätte ich ihm jede Unterstützung gewährt.«

»Sanderson hat eine Idee – sein Ehrgeiz geht dahin, eine Gesellschaft zum Schutz der Banken zu bilden«, erläuterte Frank. »Und ich muß sagen, daß es ein ganz gesunder Plan ist. Er hat die Absicht, die geeignetsten Leute unter den Bankbeamten auszusuchen – einfache Angestellte, Kassierer und so weiter. Die will er ausbilden, um sie zu befähigen, Bankverbrechen zu entdecken ... Aber da kommt Johnson und will uns zum Tee holen!« Er erhob sich. Sie verließen das Zimmer und gingen durch die Halle. »Ich werde Sie sehr vermissen«, sagte Frank, »aber ich hoffe, daß wir bald in diese schöne Gegend zurückkehren können.«

Auch Jim erhoffte das sehnlichst, aber er antwortete nur mit einer höflich konventionellen Bemerkung.

Auf Sandersons Pläne kam Frank Cameron nicht mehr zu sprechen.

»Die Seereise wird meiner Frau sicher guttun«, meinte er. »Seit dem Tod ihrer Schwester hat sie sich nie mehr richtig erholt.«

Zum erstenmal kam Frank auf den gesundheitlichen Zustand

seiner Frau zu sprechen. Jim hatte sich allerdings schon mit Margot darüber unterhalten.

»Ihre Schwester ist doch ganz plötzlich gestorben? In den Vereinigten Staaten, nicht wahr?«

»Ja, wir waren damals in Paris. Eines Morgens erhielten wir ein dringendes Telegramm, und Cecile fuhr am nächsten Tag nach New York zurück. Sie bestand darauf, allein zu reisen, und sie kam gerade noch zur rechten Zeit an. Aber, wie gesagt, von all den Aufregungen hat sie sich noch immer nicht erholt. Es wirft geradezu einen Schatten auf ihr Leben. Übrigens, ich möchte Sie bitten, mit Cecile nie über ihre Schwester zu sprechen.«

Jim schüttelte den Kopf.

»Das hätte ich selbstverständlich unterlassen.«

4

Margot hatte inzwischen ihr Reitkleid abgelegt und saß mit ihrer Schwägerin im Wohnzimmer. Mrs. Cameron erhob sich und kam Jim mit ausgestreckten Händen entgegen. Sie war eine stattliche, schöne Frau von dreißig Jahren, mit feinen Gesichtszügen und dunklen Augen.

»Gott sei Dank, mit dem Packen bin ich fertig!« sagte sie und seufzte erleichtert.

»Wann werden Sie Moorford verlassen?« fragte Jim. »Schon morgen?«

»Nein, am Samstagmorgen«, erwiderte Cecile und reichte ihm eine Tasse Tee. »Wir fahren im Auto nach Southampton. Das Gepäck geht schon am Abend vorher ab. Ich möchte bis zum letzten Augenblick hierbleiben, und eine Autofahrt in der Morgenfrühe ist am schönsten.«

»Ich lasse morgen riesige Summen für Sie bereitstellen!« erklärte Jim lachend. »Ich weiß nicht, was unser Generaldirektor sagen wird, wenn er erfährt, daß die Bank vier gute Kunden verloren hat.«

»Gleich vier?« fragte Mrs. Cameron. »Wer verläßt denn außer uns dreien noch die Stadt?«

»Mrs. Markham von Tor Towers benützt den gleichen Dampfer wie Sie. Übrigens – sie ist auch Amerikanerin.«

»Markham? Kennst du sie?« fragte Cecile ihren Mann.

Frank schüttelte den Kopf.

»Nein. Nicht, daß ich wüßte.«

»Sie ist nicht aus New York«, berichtete Jim. »Ich glaube, sie ist in Virginia zu Hause und kommt regelmäßig hierher. Es ist sogar sicher, daß sie wieder in diese Gegend kommt, denn sie hat ihre Juwelen bei uns deponiert – ich wünschte, sie hätte es nicht getan. Ich hasse die Verantwortung, Diamanten im Wert von hunderttausend Pfund in unserer Stahlkammer aufzubewahren. Sobald die Dame unterwegs ist, schicke ich den Schmuck nach London, damit man ihn dort aufbewahrt.«

»Mrs. Markham –«, murmelte Frank nachdenklich. »Es ist doch merkwürdig, daß wir sie nie getroffen haben. Ist sie jung oder alt?«

»Jung«, erwiderte Jim. »Ich selbst habe sie nur einmal gesehen – aus einiger Entfernung. Sie überläßt alles Geschäftliche und ihre Vermögensangelegenheiten ganz ihrem Butler, einem ziemlich selbstbewußten Herrn. Er nennt sich Winter und ist ein typischer Vertreter dieser etwas anmaßenden Bedientenklasse. Sanderson hat alle Verhandlungen geführt, die Mrs. Markham betreffen, darum weiß ich wenig über sie. Ich habe nur gehört, daß sie eine sehr liebenswürdige Dame und ungeheuer reich sein soll. Sie ist Witwe und bringt fast ihre ganze Zeit damit zu, Landschaftsbilder von dieser Gegend zu malen. Aber ich glaube nicht, daß Sie drei überhaupt noch Wert auf zusätzliche Gesellschaft legen. Und Sie werden ja ohnehin bald wieder viele Bekannte treffen. Haben Sie genügend Räume belegen können?«

»Ja«, bestätigte Frank, »wir haben die Flucht B der Staatskabinen, die besten Passagierräume auf dem Schiff. Eine gute Freundin von Cecile fährt auch mit, Mrs. Dupreid. – Jane fährt doch mit uns, oder?« wandte er sich an seine Frau.

»Ja, ich habe heute morgen noch einen Brief von ihr bekommen. Sie haben vollkommen recht, Mr. Bartholomew, man braucht nicht viele Bekannte an Bord eines Schiffes. Seereisen deprimieren mich immer so schrecklich. Und ich glaube, daß meine Freundin leider auch nicht gerade die amüsanteste Reisebegleiterin sein wird. Jane wird leicht seekrank und hält sich dann gewöhnlich in ihrer Kabine auf, bis das Schiff Sandy Hook erreicht.«

Das Gespräch drehte sich noch weiter um Schiffe und Passagiere und wurde hauptsächlich von Frank Cameron und Jim bestritten.

Margot war außerordentlich ruhig und in Gedanken versunken, so daß es Cecile schließlich auffiel.

»Aber, Margot, du beteiligst dich ja gar nicht an der Unterhaltung – was ist denn los?«

Margot schrak aus ihren Träumen auf.

»Ach, es ist doch schlimm, daß du auch alles gleich merkst«, erwiderte sie lachend. »Es ist wohl ein wenig wie bei den Schiffsmaschinen – wenn die auf der Fahrt plötzlich aussetzen, wacht man auf. Wenn ich offen sein soll, ich bin ein wenig traurig gestimmt, daß ich diese Gegend hier verlassen muß.«

Frank sah von seiner Schwester zu Jim hinüber und lächelte.

»O ja, das verstehe ich schon«, meinte er dann.

»Ich glaube, ich werde vor der Zeit alt«, seufzte Margot. »Ich habe keine Lust mehr, ständig den Aufenthaltsort zu wechseln. Am liebsten würde ich seßhaft werden.«

»So geht es mir auch«, erklärte Frank. »Aber einer von uns beiden muß auf jeden Fall hinüberfahren, Margot! Wir müssen die Angelegenheit mit dem Landsitz von Tante Martha regeln.« Er sah, daß Jims Augen aufleuchteten, und grinste. »Das klingt jetzt, als ob wir nur kurze Zeit drüben bleiben und bald zurückkehren würden. Aber wenn ich schon einmal dort bin, dann muß ich auch die Minen besuchen, für die ich mich interessiere. Und den Winter möchte ich in Kalifornien verbringen.«

Nun seufzte Jim.

»Immerhin, Sie werden mich, wenn Sie zurückkommen, noch genauso vorfinden, mit allem, was zur Stadt gehört. Und wenn Sie sich nicht beeilen mit Ihrer Rückkehr, werde ich inzwischen an den wichtigsten Gebäuden Tafeln zur Erinnerung an Ihren Aufenthalt anbringen lassen. Mich erwartet eine recht traurige und einsame Zeit.«

»Vielleicht kommt ein Zirkus und bringt Ihnen ein wenig Zerstreuung«, neckte ihn Margot.

»Mir bleibt nur zweierlei übrig«, verkündete Jim feierlich. »Entweder ich werde Farmer und züchte Schafe, oder ich versuche mich als Gangster, plündere unsere Bankniederlassungen und knalle jeden nieder, der mir in den Weg tritt. Selbstverständlich beginne ich mit meiner eigenen Filiale, solange die schöne Mrs. Markham ihre Diamanten bei uns deponiert hat.«

»Warum sagen Sie immer ›die schöne Mrs. Markham‹?« fragte Margot ein wenig gereizt.

»Weil mir nichts Besseres einfällt.«

»Nun, ich möchte Ihnen aber den Rat geben, Ihre Verbrecherlaufbahn erst zu beginnen, nachdem wir die Stadt verlassen haben«, sagte Frank und reichte Cecile die leere Tasse zurück.

Jim sah gebannt auf Mrs. Camerons Hand.

»Ach, was für ein wundervoller Ring!« rief er überrascht.

Cecile errötete.

»Ist er nicht schön?« fragte Frank. »Gib mal, ich möchte ihn Bartholomew zeigen!«

Sie zögerte einen Augenblick, dann zog sie den Ring vom Finger und überließ ihn dem Gast. Es war ein breiter, goldener Reifen, gehämmert und modelliert. Die ungewöhnliche Form war Jim sofort aufgefallen. Er trug den Ring zum Fenster und prüfte ihn genau. Ein einzigartiges Kunstwerk, ohne Zweifel – es stellte drei Schlangen mit Frauenköpfen dar, herrlich ausgearbeitet, obwohl die Gesichter kaum drei bis vier Millimeter groß waren.

Bewundernd betrachtete er die ineinander verschlungenen Schlangenleiber. Endlich gab er den Ring Mrs. Cameron zurück.

»›Die Töchter der Nacht‹ –«, sagte er, »ein wundervolles Stück Goldschmiedearbeit!«

»›Die Töchter der Nacht‹?«

Mrs. Cameron runzelte die Stirn.

»Ja, es sind die drei Furien, die römischen Göttinnen, die die Verbrecher bestrafen.«

»Ach, das wußte ich gar nicht – ich habe nie gehört, daß man sie so nennt«, sagte Cecile Cameron langsam und steckte den Ring wieder an den Finger. »Die Töchter der Nacht!«

»Meine mythologischen Kenntnisse sind zwar auch nicht gerade die zuverlässigsten.« Jim Bartholomew lächelte. »An die Bezeichnung kann ich mich jedoch noch sehr genau erinnern. Aber ganz abgesehen davon, es ist wirklich ein ausgezeichnetes, prachtvolles Stück!«

»Sie haben Glück, daß Sie den Ring überhaupt sehen«, bemerkte Frank. »Meine Frau trägt ihn nur an einem bestimmten Tag im Jahr – es ist das Datum, an dem ihr Vater starb. Nicht wahr, Liebling?«

Mrs. Cameron nickte.

»Mein Vater hatte zwei gleiche Ringe, einen gab er meiner Schwester, einen mir. Er war ein großer Spezialist und Kenner in diesen Dingen. Die beiden Ringe hat er nach dem Original kopiert, das sich jetzt im Louvre befindet. An den Ring selbst knüpfen sich unangenehme Erinnerungen, aber mein Vater war sehr stolz darauf. Einmal im Jahr, an seinem Todestag, trage ich ihn zur Erinnerung.«

Sie erwähnte ihre verstorbene Schwester nicht, aber Jim vermutete, daß die unglückliche Erinnerung mit ihr zusammenhing.

»Der Ring ist wertvoll«, bemerkte er, »denn Sie werden sicher erfahren haben, daß das Original im Jahre neunzehnhundertacht aus dem Museum gestohlen wurde. Und vermutlich sind dies die einzigen Kopien, die davon existieren.«

Margot hatte sich erhoben, ging zum Flügel und spielte leise. Jim war regelmäßig ein andächtiger Zuhörer, und auch jetzt nahm er seinen Stuhl und setzte sich neben sie.

»Spielen Sie doch etwas, was meine aufgepeitschten Nerven beruhigt«, sagte er.

»Sie haben gar kein Recht, hier aufgepeitschte Nerven zu haben – ein junger Mann wie Sie!« erwiderte sie und schwieg einen Augenblick. »Wo werden wir alle nächste Woche sein?«

»Mit welchem Dampfer fahren Sie eigentlich?«

»Mit der ›Ceramia‹.«

»Ach so, mit dem modernen, schönen Dampfer – das ist ja ein merkwürdiger Zufall! Der alte Stornoway ist Kapitän darauf, und der alte Smythe Bordingenieur . . .«

Mit einem Ruck drehte sie sich auf dem Klavierstuhl zu ihm hin.

»Mein Gott, was haben Sie denn für alte Herren zu Freunden, Jim?« rief sie aus. »Hast du's gehört, Frank?«

»Sie dürfen ja nicht glauben, daß das alte Männer sind«, versicherte Jim, »im Gegenteil. Und es sind wirklich Freunde von mir. Während des Krieges habe ich bei der Marine gedient und alle möglichen Posten bekleidet – ich habe mich sowohl als Heizer versucht als auch Offizier des Nachrichtendienstes gespielt. Stornoway war damals Kommandant von B fünfundsiebzig, einem Torpedobootzerstörer für besondere Zwecke, und ich war Nachrichtenoffizier an Bord. Wir fuhren Patrouille an der Küste bis zur äußersten Nordspitze von Schottland. Smythe war damals unser Chefingenieur. Jedenfalls, wir waren alle aufeinander angewiesen, und so lernten wir uns recht gut kennen, ganz besonders in den Stunden, bevor wir aufgefischt wurden.«

»Was meinen Sie damit?« fragte Margot.

»Nun, ja, wir wurden an einem kalten Februartag torpediert, und daraufhin tummelten wir drei uns zwölf Stunden lang im Wasser. Unter solchen Umständen lernt man sich gegenseitig dann vollends kennen, obschon es dieser äußersten Bestätigung gar nicht unbedingt bedurft hätte.«

Margot lachte.

»Haben Sie Ihre Freunde aus dem Wellengrab gerettet?« fragte sie ein wenig ironisch. »Oder wurden Sie von ihnen gerettet?«

»Das kann man nicht so genau sagen. Wir haben uns wohl gegenseitig gerettet.«

Sie vermutete hinter diesen etwas zögernden und befangenen Erklärungen irgendeine Heldentat und nahm sich vor, sobald sich eine Gelegenheit dazu ergab, Stornoway auszufragen.

Jim wäre zum Abendessen geblieben, aber er mußte einen langen Bericht schreiben, den er am anderen Morgen abgeben sollte, und so verabschiedete er sich. Margot begleitete ihn bis zum Parktor.

»Sie werden also unter die Bankräuber und Verbrecher gehen, wenn ich jetzt abreise?« fragte sie.

»Warum nicht?« ereiferte er sich. »Die Sache ist furchtbar leicht, und ich habe Ihnen doch gesagt, Margot, daß ich kriminell veranlagt bin.«

»Ich habe Sie im Verdacht, eine gewisse Schwäche und Zurückhaltung zu besitzen. Von einer verbrecherischen Veranlagung habe ich noch nichts bemerkt. Aber ich vermute, daß ...«

»Aber wie kommen Sie dazu, Schwäche bei mir festzustellen?«

»Ich glaube, Sie sind nicht tatkräftig genug, und Sie haben nicht genügend Selbstvertrauen.«

»Ich dachte, ich sei sehr energisch und wisse ganz genau, was ich wolle.«

»In mancher Beziehung mag das ja zutreffen. Manchmal sind Sie sogar etwas zu sehr von sich überzeugt, aber in anderer Beziehung ...«

Er sah sie groß an und unterbrach sie.

»Aber jetzt müssen Sie mir wirklich sagen, wogegen ich mich vergangen habe! Lassen Sie mich nicht in England, in diesem gesegneten Landstrich, zurück – denn heilig ist das Land, das Ihre Füße betreten haben –, ohne mir zu sagen, inwiefern ich gefehlt habe.«

»Nun, ich meine, Sie sind eben zu sehr Engländer und zu schüchtern.«

»Wollen Sie damit sagen, daß ich verschroben bin? Sie werden mir doch keinen Vorwurf daraus machen, daß ich Engländer bin? Ich gebe ja gern zu, daß wir nicht so smart sind wie die Amerikaner.«

Sie lachte.

»Ich glaube nur, daß Sie zu verschlossen und zurückhaltend sind, das ist alles.«

»Ach, ist es das?« fragte er ironisch, wurde aber gleich wieder ernst. »Vielleicht bin ich es absichtlich, vielleicht habe ich sogar einen Grund, so zu sein. Glauben Sie, ich wüßte nicht, daß das höchste Glück sozusagen in meiner Reichweite ist? Noch ist – muß ich allerdings beifügen.« Seine Stimme zitterte ein wenig. »Wie lange noch?«

Sie erwiderte nichts, legte nur ihre Hand in die seine. Schweigend gingen sie bis zum Tor.

»Ich sehe Sie morgen noch«, sagte sie schließlich, ohne ihn anzuschauen. »Wollen Sie nicht nach Southampton an den Dampfer kommen und Abschied von mir nehmen?«

»Eine großartige Idee. Es wird mir zwar sehr schmerzlich sein, aber – ja, ich komme bestimmt. Ich fahre mit dem Zug hin.«

»Warum wollen Sie uns nicht im Auto begleiten?«

»Das ist leider nicht möglich. Ich muß Samstag morgen in London sein. Aber ich fahre noch mit dem Zug um Mitternacht zur Hauptstadt, sehe dann ganz früh unseren Generaldirektor und nehme den Sonderzug zur Abfahrt des Dampfers. Gute Nacht!«

Er reichte ihr die Hand, und sie sah sich um.

Hinter ihnen stand der Reitknecht, der Jims Pferd am Zaum hielt.

»Gute Nacht –«, sagte sie, »aber kommen Sie morgen ohne Pferd!«

»Begleiten Sie Ihre Schwägerin in die Stadt?« fragte er.

»Das wäre möglich.«

Er schwang sich in den Sattel, und Margot rieb die Nase seines Pferdes.

»Jim –«, sagte sie unvermittelt und schaute zu ihm auf, »wenn – wenn Sie ein großes Vermögen verdienen ... Dann würden Sie doch irgend etwas Plötzliches, Unvorhergesehenes unternehmen?«

Er beugte sich vor und legte seine Hand auf ihre Schulter.

»Ja, es wird irgend etwas sein, woran kein Mensch denkt.«

5

Mr. Stephen Sanderson hatte einen dicken, umfangreichen Brief aus Amerika erhalten. Die halbe Nacht hatte er darüber gesessen und geschrieben. Er verglich die Information, die er von Frank Camerons Freund erhalten hatte, mit seinen eigenen Notizen, und nun trug er die einzelnen Daten in die Tabellen ein, die schon recht umfänglich waren.

Eine langwierige, mühselige Arbeit – aber es war nun einmal seine Liebhaberei. Er hatte Tausende von Zeitungen durchgesehen und Ausschnitte gesammelt, die sich mit Verbrechen befaßten, nicht nur englische und französische, sondern auch aus vielen anderen Ländern. Vor allem kam es ihm darauf an, die Einbruchsmethoden miteinander zu vergleichen, um allfällige Übereinstimmungen mit jenen Verbrechen, die noch nicht aufgeklärt waren, herauszufinden. Und dazu lieferte ihm das erhaltene Material aus New York viele neue Ansatzpunkte.

Vor ihm auf dem Schreibtisch lagen etwa ein Dutzend Fotografien von Männern und Frauen. Er versuchte, alle möglichen Einzelheiten miteinander in Zusammenhang zu bringen. Nur die eine oder andere Tatsache fügte sich noch nicht ins Ganze. Er arbeitete, bis der Morgen graute.

Nachdem er vier Stunden geschlafen hatte, erhob er sich mit der Zuversicht, daß es ihm in naher Zukunft vielleicht doch gelingen würde, die ganze Sache aufzuklären.

Jim Bartholomew kam um zehn Uhr ins Büro und fand seinen Assistenten etwas übernächtigt und bleich am Schreibtisch. Aber Sandersons Augen leuchteten, und er war so munter, wie ihn Jim noch nie gesehen hatte.

Nach der Begrüßung wollte Jim schon eine Bemerkung machen, aber er unterließ es, denn er betrachtete seinen Assistenten jetzt mit etwas mehr Achtung.

»Gibt es heute morgen etwas Besonderes?« erkundigte er sich, als er Hut und Mantel ablegte.

»Nein, nichts. Das Geld für Mrs. Cameron und Mrs. Markham habe ich bereitgelegt.«

»Gut. Aber sie hebt doch nicht etwa ihr ganzes Konto ab?«

»Doch. Nun, groß ist ihr Guthaben ja nicht. Etwa zweitausend Pfund. Eine Kleinigkeit läßt sie stehen, weil sie wiederkommt. Ich erwarte Mr. Winter jeden Augenblick. Wollen Sie ihn auch sprechen?«

»Wen? – Ach ja, richtig, der Butler. Nein, ich möchte ihn nicht sprechen«, erwiderte Bartholomew uninteressiert. »Falls er mich sehen will – ich bin in meinem Büro.«

Der Chef ging in sein Zimmer, und Sanderson setzte seine Arbeit fort.

Gleich darauf klopfte es.

»Mr. Winter ist da«, meldete ein Angestellter.

»Führen Sie ihn herein.«

Ein untersetzter, schwarzhaariger Herr trat ein. Freundlich nickend reichte er Sanderson die Hand und setzte sich ihm gegenüber. Dann zog er ein rotes Formular aus seiner Brieftasche und gab es Sanderson, der es eingehend prüfte.

»Ja, Mr. Winter, Ihre Lady ist wohl ziemlich aufgeregt wegen dieser Reise nach Amerika?«

Winter lächelte.

»Nein, deswegen regen wir uns in Tor Towers nicht besonders auf. Das Leben hier war nicht gerade kurzweilig. Soweit war ja alles in Ordnung, ich meine mit dem Essen und der Bequemlichkeit, aber sonst – man bekam nichts zu sehen, es war furchtbar langweilig und tot.«

»Wann werden Sie aufbrechen?«

»Heute abend fahren wir im Auto bis Bournemouth und gehen dann morgen früh an Bord.«

»Jedenfalls – Sie haben eine interessante Reise vor sich, Mr. Winter!«

Der Butler rieb sich das Kinn.

»Das ist möglich, es kann aber auch anders kommen«, meinte er. »Ich bin noch nie außerhalb Englands gewesen, und ich weiß nicht, wie ich mich mit diesen Amerikanern vertragen werde. Natürlich ist Mrs. Markham sehr nett – wenn alle so wären, ginge es vorzüglich. Und ich bin auch noch nie an Bord eines Schiffes gewesen, daher weiß ich nicht so recht Bescheid – wegen des Seegangs und so ... Auf alle Fälle bin ich ein wenig nervös.«

»Ach, daran werden Sie sich bald gewöhnen.«

Sanderson klingelte und übergab dem Angestellten den Scheck von Mrs. Markham.

»Bringen Sie bitte den Betrag herein, und zahlen Sie ihn hier in meinem Büro aus.«

»Ich möchte Sie noch um einen Gefallen bitten«, sagte Mr. Winter mit leiser Stimme und lehnte sich über den Tisch. »Mrs. Markham ist ein wenig nervös und ängstlich wegen der Juwelen, die sie Ihnen zur Aufbewahrung übergab, und so bat sie mich, ich möchte mich mit eigenen Augen überzeugen, ob der Schmuck auch richtig verpackt sei. Ich kann Ihnen gegenüber ja ganz offen sein – sie möchte wissen, ob er tatsächlich noch hier auf der Bank liegt.«

Sanderson mußte lächeln.

»Darüber braucht sie sich wirklich keine Sorgen zu machen. Die vielen Juwelendiebstähle der letzten Zeit haben sie wahrscheinlich ängstlich gemacht, nicht?«

»Ja, das stimmt. Mylady sagt, sie sei schon einmal bestohlen worden, als sie sich in den Vereinigten Staaten aufhielt, und darum . . .«

»Ich verstehe. Nun, da kann ich sie beruhigen«, unterbrach Sanderson den Butler.

Sanderson erhob sich und ging zur Stahltür an der hinteren Wand seines Zimmers. Er machte sich mit zwei Schlüsseln daran zu schaffen. Gleich darauf sprang die große, schwere Tür auf, und er verschwand im Tresorraum.

Wenige Augenblicke später kam er mit einem kleinen, in braunes Papier gewickelten und versiegelten Paket zurück.

»Wollen Sie, daß ich es vor Ihren Augen öffne?« fragte er und zeigte auf die unverletzten Siegel.

»Nein, das nicht. Sie läßt Sie bitten, das Papier ein wenig aufzureißen, damit ich hineinsehen und mich überzeugen kann, ob die Juwelen noch in dem Glaskasten sind.«

»Der Glaskasten war übrigens eine gute Idee von Mrs. Markham.« Sanderson riß eine Ecke des Papiers vorsichtig ein, so daß man den länglichen Glaskasten sehen konnte. »Hier!«

Mr. Winter beugte sich vor und sah respektvoll durch den Spalt im Papier, wo hinter dem Glas ein kleiner Teil des Diamantenhalsbandes zu sehen war. Die Steine glänzten im Licht, das darauf fiel.

»Das wäre also alles in Ordnung«, sagte er befriedigt. »Und hier ist ein neues Siegel von Mrs. Markham!«

Er zog eine gummierte, runde Papierscheibe hervor, auf der mit Tinte das Datum und ›Stella Markham‹ ganz deutlich geschrieben stand.

»Was soll das?« fragte Sanderson überrascht.

»Sie ist geradezu großartig, sie denkt einfach an alles! ›Winter‹, sagte sie zu mir, ›wenn Mr. Sanderson das Packpapier eingerissen hat, dann kleben Sie dieses Siegel auf die beschädigte Stelle, damit man deutlich sehen kann, daß die Hülle nach der Inspektion wieder geschlossen worden ist.‹« Der Butler feuchtete, sich entschuldigend, das runde Papier an und drückte es auf die eingerissene Stelle. Dann sah er auf.

»Draußen geht gerade ein Herr vorbei, den Mrs. Markham nicht leiden kann.«

Er zeigte mit dem Kopf zum Fenster, durch das man auf die High Street sehen konnte.

Sanderson folgte seinem Blick und sah den Rücken einer untersetzten Gestalt.

»Wer ist das?« fragte er.

»Der Farmer Gold, ein sehr unangenehmer Mensch. Er hat Mylady neulich von seinen Feldern gewiesen, als sie eine kleine Landschaftsskizze machen wollte.«

»Das wundert mich. Er ist sonst sehr nett. Also, ich werde das Päckchen wieder in die Stahlkammer bringen, und Sie können Mrs. Markham ausrichten, daß sie vollkommen beruhigt sein kann – ihr Schmuck ist in Sicherheit.«

In dem Augenblick kam der Angestellte mit dem Geld. Mr. Winter zählte es umständlich nach – nicht nur einmal, sondern dreimal –, bevor er es einsteckte. Dann erhob er sich und wollte gehen. Aber Sanderson hielt ihn zurück.

»Ich möchte Sie noch in einer besonderen Angelegenheit sprechen, Mr. Winter, wenn Sie fünf Minuten für mich Zeit haben. Sie reisen nach Amerika. Hätten Sie die Liebenswürdigkeit, ein paar Informationen für mich zu sammeln, besonders während Sie an Bord des Dampfers sind?«

»Wenn ich nicht seekrank werde! Davor habe ich jetzt schon Angst.«

»Ach, so schlimm wird das schon nicht werden. Ein wenig umsehen werden Sie sich auf jeden Fall können«, meinte Sanderson lachend. »Mr. und Mrs. Cameron werden mit Ihnen zusammen an Bord sein ...«

»Cameron?« fragte Winter erstaunt.

»Ja.«

»Sind das Leute vom Lande? Kenne ich sie?«

»Ich weiß nicht, ob Sie mit ihnen bekannt sind. Sie wohnen hier in dieser Stadt.«

»Ach ja, die Amerikaner!« Winter nickte. »Jetzt weiß ich, wen Sie meinen.«

Und nun sprach Sanderson längere Zeit vertraulich mit dem

Butler. Es dauerte länger als fünf Minuten, denn er mußte, um sich verständlich zu machen, Winter ins Vertrauen ziehen.

Bartholomew hörte, daß sich Sanderson lange und eifrig mit jemandem unterhielt. Als er durch die Glastür schaute, bemerkte er das ernste Gesicht seines Assistenten und lächelte.

6

Jim verschloß den Brief, den er eben geschrieben hatte, und ging nach vorn zum Schalterraum.

»Ist Mrs. Cameron schon hiergewesen?«

»Nein«, antwortete der Angestellte. »Mr. Winter, der Butler von Mrs. Markham, ist noch drüben im anderen Büro.«

»Dann bestellen Sie Sanderson, daß ich in zehn Minuten wieder da bin«, sagte Jim und ging auf die High Street hinaus.

Er war unruhig und ungeduldig, denn er sehnte sich danach, in Margots Gesicht zu schauen, solange sie noch hier war. Vielleicht würde er sie nie wiedersehen. Er schlug den Weg zum Haus der Camerons ein und war auf sich selbst ärgerlich, daß er so unvernünftig war. Als er die Hälfte des Wegs nach Moor Hill zurückgelegt hatte, sah er ein großes Auto, das ihm langsam entgegenkam. Er hob den Arm, und der Wagen hielt.

Cecile Cameron winkte ihn heran.

»Wohin gehen Sie denn schon so früh?« fragte sie.

Neben ihr saß Margot, die wohl ahnte, warum Jim den Hügel hinaufstieg. Sie war sehr gespannt, was für eine Ausrede er sich einfallen lassen würde.

»Ich wollte Sie sehen – und versuchte es aufs Geratewohl«, antwortete Jim. Er öffnete die Wagentür und setzte sich auf einen der hinteren Plätze.

»Und Margot wollten Sie nicht besuchen?« fragte Cecile.

»Ja, Margot auch«, erwiderte er ohne Verlegenheit. »Ich weiß, daß es dumm ist, was ich da sage, aber ich finde es traurig, daß Sie wegreisen.«

»Ich glaube, wir würden alle sehr gern bleiben«, sagte Cecile, »selbst Margot.«

»Ja, selbst Margot –«, wiederholte die Schwägerin.

»Können Sie nicht einen Vorwand finden, um uns zu begleiten? Kommen Sie doch mit uns!« schlug Cecile vergnügt vor.

»Einen Grund wüßte ich schon seit langem«, murmelte Jim.

Margot sah starr in die Gegend. Sie tat, als interessierte sie sich für alles andere mehr als für Jim Bartholomew, der neben ihr saß und verstohlen seinen Fuß neben ihren gesetzt hatte.

»Wenn Sie nicht sehr schnell zurückkommen, ist es durchaus möglich, daß ich plötzlich drüben auftauche«, scherzte er. »Eines schönen Tages, wenn Sie in Ihren fürstlichen Zimmern im neunundzwanzigsten Stock des Goldrox-Hotels sitzen und nach dem Kellner klingeln, tut sich die Tür auf und herein tritt – Jim Bartholomew! – Ach, und da wären wir ja schon – sehr weit kann ich Ihnen also nicht entgegengegangen sein ...«

In diesem Augenblick hielt der Wagen vor dem Bankgebäude. Sanderson stand in der Tür und sprach noch eifrig auf Winter ein.

»So, jetzt wollen wir gleich hineingehen und Ihre Angelegenheiten erledigen«, sagte Jim. »Ich ...«

Er brach plötzlich ab, als er Mrs. Camerons Gesicht sah. Es drückte Erschrecken und Bestürzung aus.

Cecile starrte auf den Bankeingang, wo sich Sanderson gerade von Mr. Winter verabschiedete und sich nicht weiter um die Ankunft des Wagens kümmerte.

Jim sah erstaunt wieder zu Mrs. Cameron hinüber, die zitterte, als ob sie einem Zusammenbruch nahe wäre.

Sanderson war in die Bank zurückgegangen.

»Was ist los, Cecile? Um Himmels willen, was ist geschehen?« fragte Margot und stützte ihre Schwägerin.

»Nichts, nichts.«

Jim wußte nicht, was er von all dem halten sollte, und war selbst betroffen.

Sanderson! Wie kam es, daß die sonst so weltgewandte Dame vor diesem Mann derartig erschrak? Denn daß es sich um seinen Assistenten handeln mußte, bezweifelte er keinen Augenblick. Er sprang aus dem Wagen und half Mrs. Cameron beim Aussteigen.

»Ach, es ist nichts. Es ist dumm von mir, daß ich mich so gehenlasse«, sagte sie mit schwacher Stimme, als Jim sie in sein Büro geleitete. »Es ist irgendein Ohnmachtsanfall – ich habe das öfter ... Verzeihen Sie bitte, Mr. Bartholomew!«

»Aber, was hast du nur?« fragte Margot ängstlich.

»Nichts. Es ist wirklich nichts.« Cecile zwang sich zu einem Lächeln. »Margot, du kannst dich darauf verlassen, es ist schon vorüber. Ich hatte einen Schwächeanfall. – Wollen Sie bitte meine Angelegenheit persönlich erledigen, Mr. Bartholomew? Ich ...«

Jim war nur zu gern bereit, die Sache selbst in Ordnung zu bringen. Er ging in Sandersons Büro hinüber. Sein Assistent schien keine Ahnung zu haben, welchen Eindruck er auf Mrs. Cameron gemacht hatte.

»Ich werde die Auszahlung an Mrs. Cameron selbst vornehmen, Sanderson!«

»Sehr wohl, Mr. Bartholomew«, erwiderte Sanderson, ohne aufzuschauen. »Ich habe soeben das Guthaben von Mrs. Markham ausgezahlt.«

Wenige Minuten später kehrte Jim mit dem Barbetrag in sein Büro zurück. Inzwischen schien sich Cecile wieder beruhigt zu haben.

»Heute ist ja geradezu ein Run auf die Bank!« sagte Jim. »Vorhin war schon Mrs. Markhams Butler da und hat das Geld für diese Kundin abgeholt.«

Alle schwiegen, während er die Scheine auf den Tisch zählte.

»Oh, Mrs. Markham ist die Dame, die ebenfalls nach Amerika reist?« fragte Cecile. »Fährt sie etwa auch morgen früh?«

»Ich weiß nicht, ich glaube heute – aber, warten Sie, ich will mich gleich mal erkundigen.«

Jim verschwand nochmals, nicht weil er ernstlich an Ceciles Interesse für Mrs. Markham glaubte, sondern eher aus Verlegenheit und weil er Cecile Gelegenheit geben wollte, unbefangen über das offenbar peinliche Erlebnis vor dem Bankeingang hinwegzukommen.

Er suchte also noch einmal Sanderson auf und war überrascht, ihn in so aufgeräumter Stimmung zu finden.

»Sie fahren schon heute abend mit dem Auto hier weg«, erklärte Jim, als er zu den Damen zurückkam. »Der Butler hat Sanderson erzählt, daß er heillosen Respekt vor der Seekrankheit habe.«

Jim begleitete Cecile und Margot zum Wagen und verabschiedete sich von ihnen. Er sah dem Wagen nach bis er verschwunden war, dann ging er langsam in sein Büro zurück. Er drückte auf einen Knopf – die direkte Klingelleitung zum Büro seines Assistenten –, und gleich darauf trat Sanderson ein.

»Sanderson, ich muß mich bei Ihnen entschuldigen!«

»Wieso?« fragte der andere überrascht.

»Ich bin eigentlich recht unhöflich zu Ihnen gewesen und

konnte mir ab und zu eine Stichelei wegen Ihrer Liebhaberei nicht verkneifen. Mir ist dabei gar nicht zum Bewußtsein gekommen, wie wichtig Ihre Arbeit in vieler Hinsicht sein kann.«

Sanderson schaute seinen Chef mißtrauisch an.

»Mr. Bartholomew, wenn Sie allerdings wieder zu spotten anfangen . . .«

»Nein, ich spotte durchaus nicht, nehmen Sie doch bitte Platz. Ich hatte gestern nachmittag eine lange Unterhaltung mit Mr. Cameron. Keine Angst – er hat mir keines Ihrer Geheimnisse verraten, aber er sagte mir, daß Sie systematisch arbeiten, um die berüchtigte Bande der vier Juwelendiebe, die sich in letzter Zeit auch mit Bankeinbrüchen beschäftigen, zur Strecke zu bringen.«

»Ja, das stimmt«, sagte Sanderson und setzte sich. »Es ist mir gelungen, diesen Leuten auf die Spur zu kommen. Ich bin allerdings nicht der einzige, der nach ihnen Ausschau hält. Gestern erhielt ich einen Brief von einem Freund Mr. Camerons, der Staatsanwalt in Amerika ist. Er hat mir sehr interessante Einzelheiten mitgeteilt. Der größte Feind der vier ist eine Frau – eine Detektivin, die für das amerikanische Justizministerium arbeitet. Seit einigen Jahren schon hat sie den Auftrag, die vier zu Fall zu bringen. Den Namen der Dame weiß ich noch nicht, denn all diese Dinge sind mir ja nur privat mitgeteilt worden.«

»Ich bin erstaunt, daß es ausgerechnet eine Detektivin ist«, sagte Jim. »Glauben Sie, daß es gelingt, die Bande zu fassen?«

Sanderson zuckte die Achseln.

»Das ist eine sehr schwierige Frage. Sicher ist jedenfalls, daß die Dame, die hinter den Gangstern her ist, viel mehr Chancen hat als ich. Ihr stehen unbegrenzte Hilfsmittel zur Verfügung, und sie hat die Regierung der Vereinigten Staaten hinter sich. Sie kann in allen möglichen Rollen auftreten und ihre ganze Zeit für die Lösung dieser Aufgabe einsetzen.«

Jim vermutete, daß Sanderson im Augenblick eine viel größere Abneigung gegen diese Detektivin mit ihren unbegrenzten Hilfsmitteln hegte als gegen die Verbrecher selbst, die sie entlarven sollte.

»Übrigens möchte ich noch kurz erwähnen – Mr. Winter wollte vor der Abreise noch schnell einen Blick auf die Juwelen von Mrs. Markham werfen – offenbar, um sich zu überzeugen, ob sie noch da sind!«

Der Assistent erzählte kurz, was sich abgespielt hatte. Doch die

Unterhaltung, die er anschließend noch mit dem Butler geführt hatte, erwähnte er mit keinem Wort.

»Diese verdammten Juwelen!« klagte Jim. »Wenn sie sie doch bloß irgendwo in London untergebracht hätte! Sobald Mrs. Markham fort ist, schicke ich das Halsband in die Stadt. Schreiben Sie doch bitte gleich an unser Stammhaus, daß der Schmuck nächsten Dienstag dort eintreffen wird. Sie können das Päckchen ja persönlich hinbringen. Eine Reise nach London wird Ihnen schließlich auch nicht unangenehm sein, da können Sie sich einmal in der Hauptstadt umsehen.«

Sanderson nickte dankbar.

»Ja, ich hatte sowieso die Absicht, nach Scotland Yard zu gehen und Inspektor M'Ginty zu besuchen. Ich habe schon öfter mit ihm korrespondiert, und er scheint ein sehr intelligenter Mann zu sein.«

»Ja, das mag schon richtig sein«, meinte Jim Bartholomew. »Detektive brauchen nun einmal Verstand, wenn sie ihren Beruf mit Erfolg ausüben wollen.«

7

Jim hatte die Wahl, nach Hause zu gehen und dort allein essen zu müssen oder aber im Büro zu bleiben und sich irgendwie die Zeit zu vertreiben. Er hatte keine große Lust, einsam zu Hause sein Mittagessen zu nehmen, und während er noch überlegte, sah er das große, elegante Auto der Camerons auf der Straße anhalten und Frank aussteigen.

Jim ging hinaus, um ihn zu begrüßen.

»Ich möchte mit Ihnen sprechen, Jim ...«

Es war das erstemal, daß Cameron ihn beim Vornamen nannte, und Jim glaubte es als ein gutes Zeichen nehmen zu dürfen.

»Was ist bloß passiert? Ich weiß wirklich nicht, was mit Cecile los ist«, sagte Frank, als sie die Straße hinunterschlenderten, die um die Mittagszeit vollkommen verlassen war. »Heute morgen war sie in bester Stimmung, ja, sie machte sogar einen Scherz über diesen merkwürdigen Ring, den sie doch sonst so hoch in Ehren hält. Wie nannten Sie ihn doch gleich?«

»›Die Töchter der Nacht‹ – es klingt ja ziemlich romantisch, aber der Name ist durchaus gebräuchlich für die drei Furien.«

»Sie fuhr fröhlich und vergnügt von zu Hause fort, aber als sie von der Bank zurückkam, war sie ganz erledigt. Was ist denn eigentlich geschehen?«

»Das mag der Himmel wissen. Ich saß mit im Wagen, und plötzlich bemerkte ich, daß sie bleich wurde. Ich glaubte schon, sie würde ohnmächtig werden.«

»Können Sie mir irgendeinen Grund dafür angeben – vielleicht eine Vermutung?«

»Nein.«

Jim hielt es für klüger, die Tatsache zu verschweigen, daß allem Anschein nach Sandersons Anblick Cecile Cameron in solche Bestürzung versetzt hatte.

»Nun, auf jeden Fall hat sie sich entschlossen, morgen nicht nach New York abzureisen.«

Jim freute sich, als er das hörte.

»Unter diesen Umständen kann ich natürlich auch nicht wegfahren«, sagte Frank. »Aber Margot wird trotzdem reisen müssen – drüben sind dringende Erbschaftsangelegenheiten zu bereinigen und Dokumente zu unterzeichnen. Ich komme dann später mit meiner Frau nach.«

»Soll Margot tatsächlich allein fahren?«

»Ich fürchte, es geht nicht anders. Auf jeden Fall hat sie genügend Platz, denn ich habe drei Kabinen für uns belegt.«

»Was sagt sie selbst dazu?«

»Ach, sie ist sehr traurig darüber. Es wäre mir lieb, wenn Sie sie heute noch besuchen könnten. Sie ist wirklich ein sehr netter Kerl und ein liebenswürdiger Charakter. Morgen fährt sie nach Southampton. Wollen Sie nicht zum Dampfer gehen, damit sie nicht einen so traurigen, einsamen Abschied hat? Ich kann Cecile in ihrem jetzigen Zustand nicht gut allein lassen.«

»Ja, das mache ich selbstverständlich sehr gern«, erwiderte Jim Bartholomew rasch. »Haben Sie keine Ahnung, aus welchem Grund Ihre Frau die Reise so plötzlich aufgibt? Ich dachte, sie freue sich sehr darauf, wieder in die Vereinigten Staaten zu kommen.«

»Nein, sie war nie sehr begeistert von dieser Reise. Sie hatte allerdings auch nichts dagegen. Ihre Freundin, Mrs. Dupreid, fährt ebenfalls mit dem Dampfer, und so glaubte Cecile, daß in ihrer Gesellschaft diese Schiffsreise noch ganz erträglich werden könnte. Nun, ich bin sehr enttäuscht. Wie sie dazu gekommen ist, unsere Pläne umzustürzen – ich weiß es nicht. Aber ich habe mir zum Prinzip gemacht, nie in meine Frau zu dringen, so unbegreiflich ihre Entscheidungen gelegentlich auch sein mögen. Ich habe es aufgegeben, mich zu wundern oder aufzuregen – und fahre nicht schlecht dabei!«

Jim lachte.

»Haben Sie Zeit, jetzt mit mir zu kommen? Ich möchte Sie gern in meinem Wagen mitnehmen.«

Jim zögerte.

»Warten Sie bitte einen Augenblick!«

Er ging in die Bank zurück und suchte Sanderson auf.

»Ich gehe für ungefähr eine Stunde aus. Wenn ich dringend gebraucht werde, dann rufen Sie mich an bei Mr. Cameron.«

Der Assistent nickte. Er war noch immer in bester Stimmung.

»Ich glaube nicht, daß Ihre Anwesenheit heute nachmittag erforderlich ist, Mr. Bartholomew. Ich habe den Streitfall wegen der Rechnung von Jackson and Wales in Ordnung gebracht, und Sie können die Schlußabrechnung heute abend unterschreiben.«

Auf der Fahrt nach Moor House zog Frank Cameron Jim mehr ins Vertrauen, als er es je zuvor während ihrer zwölfmonatigen Bekanntschaft getan hatte.

»Cecile ist seit dem Tod ihrer Schwester nie mehr ganz die alte geworden. Diese Schwester starb damals in New York am Typhus. Ich sagte Ihnen schon früher, daß Cecile gerade noch rechtzeitig ankam, um sie noch einmal sehen zu können. Die Mitglieder ihrer Familie hingen stark aneinander, und ich fürchtete wirklich, daß das Ereignis ihrem Gemüt ernstlich geschadet hätte. Um ganz offen zu sein, Jim – der Gedanke hat mich nie ganz losgelassen, und ich bin auch heute noch sehr besorgt um sie. Ich habe damals darauf bestanden, daß sie einen Spezialisten aufsuchte. Als wir das letztemal in New York waren, habe ich ihm alle meine Befürchtungen anvertraut, aber er konnte keine schwerwiegende Störung feststellen. Er sagte nur, ihr jetziger Zustand wäre die Folge eines schweren Schocks. Sie sei übernervös, aber das ließe sich ohne weiteres heilen. Margot war natürlich eine großartige Stütze für uns in dieser schwierigen Zeit, wie sie es übrigens immer gewesen ist. Wie stehen Sie eigentlich zu Margot?« fragte Frank unvermittelt.

Jim wurde rot.

»Ich – ich liebe sie«, erwiderte er etwas stockend.

»Das dachte ich mir«, sagte Frank. Er unterdrückte ein Lächeln, als er die Frage stellte: »Nun, und was wollen Sie in der Angelegenheit weiter unternehmen?«

»Ich möchte sie fragen, ob sie mich heiraten will, aber das geht noch nicht – mit meinem verhältnismäßig kleinen Einkommen als Direktor einer Provinzbank . . .«

»Sie wissen doch, daß Margot eigenes Vermögen besitzt?« unterbrach Frank.

»Das ist es ja gerade. Doch, ich bin zuversichtlich, vertraue auf mein – Glück, wenn man es so nennen kann, und bin fest davon überzeugt, daß es mir gelingen wird, meinen Weg zu machen. Sobald Margot abgefahren ist, gebe ich meinen Posten bei der Bank auf und fange etwas anderes an, das mehr Aussichten hat. Ich weiß schon, was Sie sagen wollen . . .« Jim hob seine Hand. »Sie wollen mir eine Stellung anbieten – Sie sind ein reicher Mann, und ich zweifle nicht daran, daß Sie mir eine Position verschaffen könnten, in der sich Geld verdienen ließe. Aber das genügt mir nicht. Und Sie würden auch keine besondere Achtung vor mir haben, wenn ich auf ein solches Angebot einginge.«

»Da mögen Sie recht haben –«, antwortete Frank nach einer kurzen Pause, »und darum schätze ich Sie ja auch tatsächlich, Jim! Ich zweifle nicht daran, daß es Ihnen gelingt, sich durchzusetzen. Und ich bin davon überzeugt, daß Margot ebenso denkt wie ich.«

Als sie ankamen, war das Essen schon aufgetragen. Cecile Cameron war nichts mehr anzumerken; sie wirkte gefaßt und entspannt. Als Jim eintrat, kam sie ihm mit einem sonderbaren Lächeln entgegen.

»Nun, Mr. Bartholomew, was sagen Sie zu meinem Entschluß?«

»Jedenfalls bleibt der Bank ein Kunde erhalten, und das beruhigt mich einigermaßen, wie Sie verstehen werden«, meinte Jim lachend. »Aber im Ernst, jeder muß doch tun, was er für richtig hält. Wozu sich zu etwas zwingen, wenn man nicht mit dem Herzen dabei ist? Und – etwas aufzugeben, an dem man hängt, halte ich nicht für richtig.«

Er sah zu Margot hinüber, die seinen Blick erwiderte, ohne zu erröten.

»Sie haben vollkommen recht«, pflichtete sie ihm bei.

Jim verneigte sich kurz und ein wenig steif.

»Ich kann mich einfach noch nicht von diesem friedlichen Leben trennen«, erklärte Mrs. Cameron. »Daraus kann man mir doch schließlich keinen Vorwurf machen.«

»Das tut auch niemand, mein Liebling«, verwahrte sich Frank.

»Möchtest du nicht vielleicht für einige Zeit nach Frankreich gehen?«

»Nein, ich möchte am liebsten hierbleiben«, erwiderte sie schnell. »Hier – in diesem kleinen, weltabgelegenen Ort, wo einen niemand kennt und man niemanden sehen muß.«

»So, jetzt können Sie wieder eine Verbeugung machen, Jim!« sagte Margot belustigt.

»Ach, nennst du ihn schon beim Vornamen?« fragte Frank.

»Ja, gelegentlich, wenn ich gerade gut aufgelegt bin«, antwortete sie kühl.

Jim ärgerte sich sehr darüber. Trotzdem war die Stimmung beim Essen wider alle Erwartungen sehr vergnügt.

Als Jim zur Bank zurückging, blickte er hoffnungsvoll in die Zukunft. Erstens durfte er annehmen, daß Margot auf jeden Fall zurückkehrte, wenn die Camerons hierblieben. Zweitens wußte er, daß er sie nicht wieder gehen lassen würde, wenn sie wiederkam.

Am Nachmittag besuchte ihn Margot in der Bank, um sich von ihm zu verabschieden. Sie hatte diese Umgebung gewählt, weil sie ihrer selbst nicht ganz sicher war. Wären sie beide allein gewesen, hätte sie vielleicht ihre Gefühle ihm gegenüber nicht so gut unter Kontrolle halten können.

»Cecile hat im Sinn, nach Schottland zu fahren. Sie hatte heute nachmittag eine lange Unterredung mit Frank. Als mein Bruder nachher aus seinem Arbeitszimmer kam, war er sehr ernst. Auf jeden Fall – Cecile ist bereits abgereist. Ich habe sie zur Bahn gebracht.«

»Wie – sie ist schon abgefahren?« fragte Jim aufs höchste erstaunt. »Hat denn Frank . . .«

Margot schüttelte den Kopf.

»Nein, sie ist allein gereist. Sie hat gute Freunde dort oben.«

»Sie tut mir wirklich leid. Ich möchte nur wissen, was ihr eigentlich fehlt?«

Margot sah ihn voll an.

»Darüber habe ich mir auch schon den Kopf zerbrochen. Haben Sie gesehen, wie sie Mr. Sanderson anstarrte, als sie den Zusammenbruch hatte?«

Er nickte.

»Das habe ich wohl bemerkt. Soviel ich weiß, hat sie aber meinen Assistenten früher nie getroffen.«

»Ich weiß. Vor drei Tagen erst haben wir über die Bank gesprochen, und ich erzählte ihr von Mr. Sandersons Steckenpferd. Sie lachte noch darüber. Und bei dieser Gelegenheit bemerkte sie auch, daß sie den Mann überhaupt noch nie zu Gesicht bekommen hätte.« Margot reichte Jim die Hand. »Also, leben Sie wohl, Jim! Ich glaube, ich werde bald wieder hier sein.«

Er nahm ihre Hand in die seine und drückte sie. Das Sprechen fiel ihm schwer.

»Sie verstehen, was ich Ihnen alles sagen möchte – und was vorläufig doch ungesagt bleiben muß?«

»Ja, ich verstehe es vollkommen. Wollen Sie mir nicht einen Kuß geben?«

Sie hob den Kopf, und er drückte seine Lippen auf ihren Mund.

8

Mit schwerem Herzen kehrte Jim Bartholomew vom Bahnhof zurück. Frank hatte ihm angeboten, ihn zur Bank zu fahren, aber er hatte abgelehnt. Frank bestand jedoch darauf, daß Jim am Abend mit ihm speisen sollte.

Die Tatsache, daß Sanderson in besonders guter Stimmung war, vertiefte das Gefühl der Verlassenheit, das Jim bedrückte, noch mehr. Er ärgerte sich, daß der andere bei der Arbeit ununterbrochen Schlagermelodien vor sich hin pfiff, und schließlich konnte er es nicht mehr aushalten.

»Was, zum Teufel, machen Sie da wieder für ein Konzert?« fragte Jim, die Tür zum andern Büro aufstoßend, gereizt.

»Ach, ich bin nur vergnügt, weiter nichts. Wissen Sie, was die ›Vier Großen‹ . . .«

»Lassen Sie mich mit Ihren ›Vier Großen‹ in Ruhe!« fuhr Jim auf. Er wunderte sich, daß Sanderson nur lachte, und trat ganz ins Büro. »Nun, was ist mit Ihnen los?«

Im Grunde waren ihm jede Gelegenheit und jedes Thema willkommen, um sich zu zerstreuen.

»Ich habe mir einmal die Mühe gemacht und alle Belohnungen zusammengezählt, die auf ihre Ergreifung ausgesetzt sind. Was glauben Sie, auf welche Summe ich kam?«

»Keine Ahnung.«

»Hundertzwanzigtausend Pfund! Die italienische Regierung hat allein fünfzigtausend Pfund für die Wiederbeschaffung der

Negretti-Diamanten ausgesetzt. Sie müßten über kurz oder lang doch an den Staat fallen, denn der Herzog von ...«

»Um Himmels willen, hören Sie doch endlich auf, von Geld zu reden!« winkte Jim müde ab. »Müssen Sie nicht ohnehin schon den ganzen Tag mit Pfund, Dollars, Mark und Francs rechnen? Haben Sie es denn überhaupt nie satt?«

»Ach, nein, das wird mir nie zuviel –«, antwortete der Assistent stolz.

Jim ging in sein Zimmer zurück, und Sanderson folgte ihm.

»Ich möchte Sie noch etwas fragen, Mr. Bartholomew.«

»Ja – was denn?«

»Schreiben Sie doch bitte an die Generaldirektion in London und beantragen Sie einen zweiten Dienstrevolver für uns. Wir haben nur einen, und der liegt in Ihrem Schreibtisch. Sie wissen ja, ich wohne hier oben über den Büroräumen und habe überhaupt keine Waffe.«

»Nehmen Sie meine. Was sind Sie doch für ein blutdürstiger Mensch! Wahrscheinlich gehen Sie zu oft ins Kino.«

»Ins Kino? Ich?« verwahrte sich Sanderson gekränkt. »Sie glauben doch nicht, daß ich mein wohlverdientes Geld für solchen Unsinn hinausschmeiße? Das einzige, was ich mir neulich angesehen habe, war ein Kulturfilm über das Leben der Bienen.«

Jim schloß eine Schublade seines Schreibtisches auf und nahm eine ziemlich große Schußwaffe heraus.

»Hier ist der Revolver – seien Sie aber vorsichtig, das Ding ist geladen!«

»Legen Sie ihn ruhig wieder zurück – schließen Sie aber bitte nicht zu, damit ich ihn mir heute abend herausholen kann.«

»Warum brauchen Sie überhaupt einen Revolver?« fragte Jim neugierig.

»Wissen Sie, ich habe das bestimmte Gefühl, daß wir früher oder später irgendwie mit den ›Vier Großen‹ zu tun bekommen werden«, erklärte Sanderson ernst, fast feierlich.

»Ach, reden Sie doch nicht solchen Unsinn!« regte sich Jim auf. »Was sollten die denn in einem so kleinen Nest suchen? Und was könnten sie schon bei uns finden? Sollen Sie meinetwegen die überzogenen Konten unserer kleinen Kunden stehlen!«

»Vergessen Sie nicht, daß wir Diamanten im Wert von hunderttausend Pfund in unserer Stahlkammer verwahren«, gab Sanderson zu bedenken.

Jim wurde ernst.

»Ja, da haben Sie recht. Und die müssen unbedingt am Dienstag nach London geschafft werden!«

In diesem Augenblick betrat Sturgeon, ein reicher Farmer, der ein Gut von eintausendfünfhundert Morgen in dieser Gegend besaß, die Bank. Er warf, als er hereinkam, einen schnellen Blick auf die große Uhr in der Schalterhalle.

»Na, das habe ich ja noch einmal geschafft!«

Er grinste und legte sein Bankbuch mit einem mehrstelligen Scheck zur Einzahlung auf die Marmorplatte vor dem Schalterfenster.

Bartholomew, der in der Tür seines Büros stand, nickte ihm zu.

»Wenn es sich darum handelt, Einzahlungen entgegenzunehmen, machen wir selbstverständlich Überstunden – bei Auszahlungen dagegen achten wir peinlich genau auf die Einhaltung der Bürozeit!« meinte er gutgelaunt.

»Hallo, Bartholomew!« rief Sturgeon. »Da fällt mir ein – vor einer halben Stunde sah ich, wie eine gute Bekannte von Ihnen an der Haltestelle beim Stadtwald ausstieg.«

Es handelte sich um eine kleine Station außerhalb der Stadt, wo gelegentlich Züge anhielten, um die Passagiere aus den Dörfern jenseits des Waldes aus- und einsteigen zu lassen.

»Ich habe so viele Bekannte – ich weiß wirklich nicht, wen Sie meinen.«

»Mrs. Cameron.«

»Ach, da haben Sie aber Traumbilder gesehen! Das kann nicht stimmen – Mrs. Cameron ist nämlich heute nachmittag gleich nach Tisch nach London gefahren.«

»Vielleicht doch nicht. Ich habe sie jedenfalls mit meinen eigenen Augen aus dem Zug steigen sehen. Dann fuhr sie in ihrem Auto, das vor dem Bahnhof wartete, davon.«

»Am Ende haben Sie doch recht –«, sagte Bartholomew.

»Ja, ich irre mich nicht. Meine Augen sind noch sehr gut.« Sturgeon nahm sein Bankbuch und ging lächelnd zur Tür. »Also, auf Wiedersehen!«

Jim kehrte in sein Zimmer zurück und schloß die Tür.

Mrs. Cameron war mit dem Drei-Uhr-Zug fortgefahren, der in Bristol Anschluß an den Schnellzug nach Schottland hatte. Sie war eine Stunde früher abgefahren als Margot, die den Zug nach Exeter nahm, um später in Yeovil den Zug nach Southampton zu erreichen.

Einen Augenblick hatte Jim zu hoffen gewagt, daß es Margot gewesen wäre.

Er mußte mit Frank darüber sprechen, der konnte ihm alles erklären. Er ging zum Telefon, aber dann überlegte er es sich anders. Mrs. Cameron würde wohl kaum ihren Plan geändert haben, ohne sich vorher mit ihrem Mann darüber zu verständigen. Jim erinnerte sich genau, daß Frank ziemlich gleichgültig geäußert hatte, seine Frau wolle einen Besuch in Schottland machen. Sonst hatte er kaum etwas über ihren neuen Entschluß gesagt. Es war merkwürdig.

Als er am Abend zum Essen nach Moor House kam, glaubte er schon, Cecile Cameron im Wohnzimmer zu treffen, aber sie war nicht dort, und Frank erwähnte sie auch nicht. Das war ein außergewöhnlicher Umstand, denn er war stets sehr um sie besorgt und wurde sonst nicht müde, über sie zu sprechen.

Die Unterhaltung stockte dauernd, und Jim fühlte sich sehr einsam, weil ihm Margot fehlte. Er sprach ganz offen über sie, und Frank ermutigte ihn dazu. Es schien Jim fast so, als ob Frank Mrs. Cameron nicht erwähnen wollte. Als Jim einmal andeutete, Cecile könnte vielleicht Schwierigkeiten gehabt haben, um den Expreßzug nach Schottland zu erreichen, fing er sofort von etwas anderem zu sprechen an.

9

Jim ging ziemlich niedergeschlagen nach Hause. Er kam sich unglücklicher und verlassener vor als am Nachmittag. Ein leichter Sprühregen fiel. Er hatte seinen Regenmantel im Büro zurückgelassen, aber er mußte auf seinem Nachhauseweg ohnehin an der Bank vorbei. Er suchte in seinen Taschen nach dem Büroschlüsselbund – ja, er hatte ihn eingesteckt.

Als er seine Schritte beschleunigte, überholte er nach einer Weile den patrouillierenden Polizeiinspektor.

»Eine häßliche Nacht, Mr. Bartholomew!« sagte der Beamte, als er den Bankdirektor erkannte. »War das vorhin das Auto von Mr. Cameron – nicht weit von der Bank? Es fiel mir auf, als ich die High Street hinaufkam ... Sehen Sie, dort steht es noch!«

Er zeigte auf das rote Schlußlicht eines auf der gegenüberliegenden Straßenseite abgestellten großen Wagens.

»Nein, das kann nicht das Auto von Mr. Cameron sein. Steht der Wagen schon lange dort?«

»Etwa eine halbe Stunde. Dann gehört er wahrscheinlich einem Gutsbesitzer aus der Gegend. Heute abend findet nämlich ein Schülerkonzert in der Church Hall statt.«

Die Stadt Moorford war sehr aufs Sparen erpicht, und die Verwaltung hatte beschlossen, die Bogenlampen in hellen Mondnächten nicht anzuzünden. Da nach dem Kalender an diesem Abend der Mond scheinen sollte, brannten die Laternen nicht, obwohl schwere Wolken den Himmel bedeckten und der Regen immer dichter wurde. Jim konnte nicht einmal die Umrißlinien des Wagens auf der gegenüberliegenden Straßenseite erkennen.

Als die beiden die Bank erreichten, machte Bartholomew seine Schlüssel bereit und blieb vor dem Seiteneingang stehen.

»Wollen Sie noch arbeiten?«

»Nein, ich will nur schnell nach meinem Regenmantel sehen. Ich hole Sie gleich wieder ein.«

Jim schloß die Tür auf und betrat das Bankgebäude. Der Inspektor ging weiter und sah an dem großen Haus hinauf. Die Fenster der Räume über der Bank, wo Mr. Stephen Sanderson wohnte, waren beleuchtet. Auch im Büro des Assistenten brannte Licht.

Er war kaum ein Dutzend Schritte weitergegangen, als er einen Schuß hörte und sich hastig umdrehte. Er lauschte, hörte aber weder einen Schrei noch sonst irgendein Geräusch. Trotzdem mußte es unweigerlich ein Schuß gewesen sein. Der Inspektor war ein alter Soldat und irrte sich in dieser Beziehung nicht. Rasch ging er zur Bank zurück und blickte durch das große Fenster in die Halle. Er entdeckte eine Gestalt an der Glastür, die zu Sandersons Büro führte, und klopfte.

Dann eilte er zum Seiteneingang. Die Tür war nur angelehnt, obwohl er sich deutlich erinnern konnte, daß Bartholomew sie verschlossen hatte.

Mit der Taschenlampe leuchtete er in den Eingang und trat dann ins Haus. Auf der linken Seite des Ganges befand sich eine Tür – er drückte die Klinke nieder und stand gleich darauf im Privatbüro Jim Bartholomews. Das Zimmer war leer, aber der Schlüssel steckte im Schloß.

»Wer ist da?« rief eine Stimme.

»Polizeiinspektor Brown – ist etwas nicht in Ordnung?«

»Ach, kommen Sie rasch, Inspektor!«

Der Beamte ging quer durchs Zimmer, öffnete die Glastür zu Sandersons Büro und blieb wie angewurzelt stehen.

Jim Bartholomew kniete vor einem Mann, der bewegungslos neben dem Schreibtisch lag.

»Um Himmels willen, was ist denn mit Mr. Sanderson geschehen?«

»Er ist tot –«, erklärte Jim düster und schaute auf den Revolver in seiner Hand. »Ein Schuß aus meiner Waffe muß ihn getötet haben! Ich hörte den Schuß, als ich meine Tür aufschloß, und eilte hinein. Aber ich fand niemanden in den Büroräumen.« Er erhob sich und ging zur Tür, die in den Gang hinausführte. Sie war nicht verschlossen. »Der Täter muß diesen Weg genommen haben. Gehen Sie doch hinaus auf die Straße, Brown! Ich will das Haus durchsuchen. Der Täter kann nicht weit entfernt sein.«

Aber allem Anschein nach war der Mörder auf dem gleichen Weg entkommen, auf dem sowohl Jim als auch Inspektor Brown das Haus betreten hatten. Vermutlich hatte er sich noch in nächster Nähe befunden, als der Inspektor durch die angelehnte Tür ins Bankgebäude hineingegangen war.

Als aber Brown wieder auf die High Street hinaustrat, war niemand mehr zu sehen. Weit vorn, die Straße hinunter, leuchtete ein kleines rotes Schlußlicht. Es mußte das Auto sein, das auf der andern Straßenseite gestanden hatte, und das sich jetzt in schneller Fahrt entfernte.

Jim durchsuchte inzwischen alle Ecken und Winkel, fand aber nichts. Nur soviel konnte er feststellen, daß sich oben in der Wohnung zwei Personen aufgehalten hatten. Sanderson mußte also Besuch gehabt haben. Zwei leere Kaffeetassen standen auf dem Wohnzimmertisch, und im Aschenbecher lag das Ende einer Zigarette. Jim sah, daß es die Marke war, die sein Assistent immer geraucht hatte.

Andere Anhaltspunkte fand er nicht. Er ging wieder nach unten ins Büro und beugte sich über den Toten. Sanderson war aus geringer Entfernung erschossen worden. Er mußte einen schmerzlosen Tod gehabt haben, denn seine Züge waren heiter. Sein Gesicht zeigte noch einen Schimmer der frohen Stimmung, in der er am Nachmittag gewesen war.

Die eine Hand des Ermordeten lag flach und offen auf dem Boden, die andere war zusammengekrampft. Jim hob sie auf und entdeckte zwischen den Fingern ein kleines Stück Papier. Er brach die Hand auf, nahm den Papierschnitzel heraus und betrachtete ihn unter der Tischlampe genauer. Es war der Rest einer offenbar gewaltsam abgerissenen Fotografie. Ein Gesicht war nicht zu sehen, nur eine Hand, und zwar eine Frauenhand. Als Jim darauf starrte, schien sich plötzlich der ganze Raum um ihn zu drehen. Er hielt sich an der Tischdecke fest, um nicht umzusinken – an einem Finger dieser Hand steckte ein Ring, den Jim Bartholomew kannte. Es waren die drei Töchter der Nacht.

Was hatte diese Fotografie von Mrs. Cameron hier zu suchen?

Der Mörder hatte Sanderson vielleicht umgebracht, um sich in den Besitz dieser Fotografie zu setzen. Woher aber hatte Sanderson das Bild? Jim erinnerte sich, daß jener Staatsanwalt in New York seinem Assistenten einen Stoß Fotografien zugeschickt hatte.

Und nun fiel ihm auch wieder ein, wie sehr Mrs. Cameron beim Anblick Sandersons erschrocken war. Und daraufhin hatte sie ihre Pläne geändert! Was hatte es zu bedeuten, daß sie an der kleinen Station vor der Stadt ausgestiegen war, während man sie doch auf dem Weg nach Schottland vermutete?

Jim sank schwer in einen Stuhl und stützte den Kopf in die Hände. Er wußte nicht, was er tun sollte, zitterte vor Erregung und fühlte sich körperlich krank.

In diesem Augenblick hörte er draußen auf dem Gang laute Schritte. Mechanisch steckte er die abgerissene Ecke der Fotografie in seine Westentasche, erhob sich und ging dem Inspektor entgegen, der allein zurückkehrte.

»Ich muß den Arzt holen, Mr. Bartholomew – der Polizeiarzt ist unglücklicherweise nicht in der Stadt anwesend. Ich werde gleich zu Doktor Grey in Oldshot fahren. Wollen Sie solange warten?«

Jim nickte. Ihm war es nur recht, wenn er etwas Zeit zum Nachdenken hatte.

10

Es dauerte eine halbe Stunde, bis der Inspektor mit dem Arzt und einem Polizisten, den er unterwegs in der Stadt getroffen hatte, zurückkam. Der Inspektor war überrascht. Die Tür stand angelehnt, aber Jim Bartholomew war nicht mehr da.

Auf dem Schreibtisch lagen ein Zettel und ein Schlüssel. Auf dem Papier stand die folgende Notiz:

Telegrafieren Sie an unsere Bank in Tiverton, daß man einen neuen Direktor hierherschickt, der die Geschäfte weiterführt, und übergeben Sie ihm diesen Schlüssel.

Brown sah bestürzt vom Doktor zum Polizeibeamten.

»Ich verstehe nicht, was das zu bedeuten hat – «, sagte er verwirrt. »Warum nur hat Mr. Bartholomew nicht gewartet, und wohin mag er gegangen sein?«

Diese beiden Fragen wurden verhältnismäßig rasch beantwortet. Um zwei Uhr nachts erfuhr der Inspektor, daß Bartholomew mit dem letzten Zug nach Exeter gefahren war – die Wagen hatten sich schon in Bewegung gesetzt, als er im letzten Moment aufsprang.

Um zehn Uhr am nächsten Morgen erschien ein Bankbeamter, der in aller Eile den Inhalt der Stahlkammer kontrollierte.

Mit einem Stoß von Papieren und hinterlegten Gegenständen in der Hand kam er wieder aus dem Tresorraum, legte alles auf den Tisch und nahm dann Einsicht ins Buch für Depositen.

»Depot Nummer vierundsechzig – «, las er langsam, »ein Halsband, mit Diamanten besetzt, Eigentum von Mrs. Stella Markham auf Tor Towers. Deponiert am neunzehnten September. Wert einhundertzwölftausend Pfund und versichert bei der Bank. Prämie bezahlt.«

Er hob den Kopf und sah auf das geöffnete Paket. Die Siegel waren aufgerissen, die Schnüre abgestreift. Das braune Papier hing in Fetzen herunter, und der Glaskasten war – leer.

Am gleichen Nachmittag wurde ein Steckbrief hinter Jim Bartholomew erlassen. Man klagte den Bankdirektor des Mordes und der Veruntreuung an. Seine Personenbeschreibung wurde telegrafisch im ganzen Land verbreitet, etwas später auch über das Radio. An alle Dampfer, die an dem Tag England verlassen hatten, wurden dringende Anfragen gerichtet, doch alle antworteten: ›Nicht an Bord.‹

11

Margot Cameron stand an der Reling der großen ›Ceramia‹. Ängstlich beobachtete sie den Kai, ob Jim sich nicht irgendwo zeigte. Er hatte ihr doch versprochen, sich an Bord des Dampfers von ihr zu verabschieden, und sie wußte, daß etwas Außergewöhnliches passiert sein mußte, wenn er nicht kam. Sie hätte ihm noch so viel zu sagen gehabt – all das, was ihr nicht eingefallen war, als sie sich das letztemal gesehen hatten.

Am liebsten hätte sie geweint, und die Tränen standen ihr zuvorderst, als die Schiffsglocke schlug und den Nichtmitfahrenden das Zeichen gab, von Bord zu gehen.

Margot stand immer noch oben an der Reling auf Deck, wo sie den größten Fernblick hatte, als der Dampfer langsam ins Meer hinausfuhr. Immer noch hoffte sie, Jim doch noch an Land zu sehen. Erst als die ›Ceramia‹ Netley passierte, ging sie mit einem schweren Seufzer nach unten in die Luxuskabinen, die ihr Bruder hatte reservieren lassen.

Die Geräumigkeit der Kabinen ließ sie ihre Einsamkeit noch mehr fühlen, und zum erstenmal in ihrem Leben empfand sie so etwas wie Heimweh. Aber sie faßte sich bald wieder, kleidete sich um, nahm ein Buch und ging aufs Promenadendeck, um ihren Liegestuhl aufzusuchen.

Frank hatte alles mit der größten Sorgfalt vorbereitet, und drei Stühle waren mitschiffs für die Reisegesellschaft reserviert. Der Steward brachte ihr Decken und ein Kissen aus der Kabine, und sie versuchte, sich so gut wie möglich die Zeit zu vertreiben.

Der Anhängezettel des Nachbarstuhls flatterte im Wind. Margot wurde darauf aufmerksam und faßte danach. ›Mrs. Dupreid‹, las sie, und nun erinnerte sie sich daran, daß ja Ceciles Freundin an Bord sein mußte.

Sie legte ihr Buch auf den Stuhl und ging zum Büro des Zahlmeisters, wo sie den Gehilfen um Auskunft bat.

»Mrs. Dupreid?« wiederholte er. »Ja, die Dame ist an Bord. Sie hat die Staatskabine zweihundertneun auf Deck C.«

Margot bedankte sich, fuhr mit dem Lift zum C-Deck und suchte nach der Kabine.

Nr. 209 lag in der Mitte des Schiffs. Auf Margots Klopfen öffnete eine Zofe die Tür einen Spaltbreit.

»Ist Mrs. Dupreid in ihrer Kabine?«

»Jawohl, Madame. Aber sie möchte niemanden sehen.«

»Sagen Sie ihr doch bitte, daß Miss Cameron hier ist.«

»Sie weiß, daß Sie an Bord sind, Madame«, erklärte das junge Mädchen, »und sie bat mich, sie bei Ihnen zu entschuldigen. Sie fühlt sich nicht wohl und kann niemanden empfangen.«

Margot ärgerte sich etwas über diesen wenig freundlichen Empfang, drückte ihr Bedauern aus und kehrte auf das Promenadendeck zurück, um zu lesen.

Inzwischen waren die Passagiere aus dem Speisesaal heraufgekommen. Erst jetzt kam ihr zum Bewußtsein, daß sie gar nicht daran gedacht hatte, am Essen teilzunehmen, weil sie so lange auf Jim gewartet hatte.

Das Promenadendeck belebte sich immer mehr. Die Passagiere suchten Deckstühle auf. Der Steward breitete Kissen und Decken auf dem Liegestuhl neben ihr aus. Eine große, schlanke Dame stand daneben und verfolgte gleichgültig den Vorgang.

Margot sah sie neugierig an. Frauen interessieren sich immer füreinander, und sie ahnte irgendwie, wer diese Nachbarin sein könnte. Die Dame war sehr schön, mochte etwa achtundzwanzig Jahre alt sein und hatte geistvolle Züge. Vor allem fielen ihre großen, tiefdunklen Augen auf. Eine Sekunde lang sah sie Margot an, die das Gefühl hatte, als ob die Blicke durch sie hindurchgingen.

Der Steward richtete sich auf. Die Dame dankte ihm kurz und legte sich hin.

Margot sah, daß die Dame ein elegantes Kleid trug und ein Buch in der Hand hielt, aber nicht las. Zu Margots Überraschung wandte sich die Nachbarin plötzlich an sie.

»Sind Sie nicht Miss Cameron?«

»Ja«, antwortete Margot lächelnd und legte ihr Buch nieder.

»Ich hörte, daß Sie mit Ihrem Bruder und Ihrer Schwägerin an Bord seien. Ich bin eine Nachbarin von Ihnen, mein Name ist Stella Markham.«

»Ach ja, ich habe Ihr Haus gesehen. Es wurde mir vor ein paar Tagen gezeigt.«

Sogleich erinnerte sich Margot auch, daß Jim es gewesen war, der es ihr gezeigt hatte, und sie war ärgerlich auf ihn. Bestimmt hatte sie damit gerechnet, daß er sich an Bord des Dampfers von ihr verabschieden würde, und er hatte sie umsonst warten lassen. Nicht einmal ein Telegramm hatte er ihr geschickt.

»Sind Ihr Bruder und Ihre Schwägerin auch in der Nähe?«

»Sie sind überhaupt nicht an Bord«, erwiderte Margot. »Sie haben im letzten Augenblick ihre Pläne geändert.«

»Nun, dann wird es eine recht einsame Fahrt für Sie werden«, meinte Stella Markham und lächelte ein wenig.

»Ach, das ist mir auch ganz lieb.«

Hier stockte die Unterhaltung, und beide nahmen ihre Bücher auf.

Doch nach einiger Zeit brach Stella Markham aufs neue das Schweigen.

»Gerade Ihre Schwägerin hätte ich gern an Bord getroffen. Es gibt eigentlich nur zwei Personen, die ich hier gern sehen würde – das heißt natürlich drei, wenn ich Sie mit einschließe«, fügte sie halb entschuldigend hinzu.

Margot lachte.

»Wer ist denn die dritte Person?« fragte sie und schrak zusammen, als sie die Antwort hörte.

»Die dritte? Es ist zwar im Moment illusorisch, aber – den Bankdirektor Bartholomew würde ich ganz gern kennenlernen.«

»Aber – warum denn?« entfuhr es Margot.

Sie errötete und hoffte, daß es Stella Markhams durchdringenden Blicken verborgen bliebe. Unweigerlich begann sie sich über diese Person und ihre aufdringlichen Bemerkungen zu ärgern.

»Er soll ein guter Gesellschafter sein! Bei Tisch begrüßte mich nämlich Mr. Stornoway, der Kapitän, und als er hörte, daß ich von Moorford käme, sprach er sofort über Mr. Bartholomew, das heißt, er tat es eigentlich erst, als ich aus irgendeinem Grund seinen Namen erwähnte. Da wurde der Kapitän ganz lebhaft, obwohl er anfänglich meiner Meinung nach etwas verlegen war. Er erzählte dann, daß er im Krieg mit Mr. Bartholomew zusammen an Bord eines Torpedobootzerstörers war, der schließlich durch den Feind versenkt wurde. Zwölf Stunden waren sie zusammen im Wasser, und wenn Mr. Bartholomew nicht gewesen wäre, wären sie beide ertrunken – es war nämlich noch ein dritter dabei, der sich ebenfalls hier an Bord des Dampfers befindet.«

Margot erinnerte sich, daß Jim ihr – es war im Wohnzimmer von Moor House gewesen – den Namen von Kapitän Stornoway genannt hatte.

»Ja, ich habe über ihn gehört«, sagte sie kurz.

»Kennen Sie ihn?«

»Meinen Sie Mr. Bartholomew? Ja, den kenne ich allerdings.«

»Ist er wirklich so interessant?«

»Was verstehen Sie unter – interessant?« fragte Margot kühl.

»Ich meine es so, wie ich es sage – ob er interessant ist?«

»Ja, natürlich.«

Wieder sahen beide in ihre Bücher, aber Mrs. Markham schien das ihre nicht sehr unterhaltsam zu finden, denn nach kurzer Zeit wandte sie sich nochmals an Margot.

»Ich bin die langweiligste Person, die es überhaupt gibt«, sagte sie. »Das ganze Leben erscheint mir so entsetzlich öde. Ich kann England nicht leiden, und genauso geht es mir mit Amerika. In Paris, wo alle Welt sich doch amüsiert, finde ich es schrecklich.«

»Haben Sie es schon einmal mit Coney Island versucht?« fragte Margot, die Mrs. Markham immer weniger ausstehen konnte. »Ich habe mir sagen lassen, daß man sich dort die Zeit ganz gut vertreiben kann.«

Stella richtete sich auf und sah Margot nicht gerade sehr freundlich an.

»Ich kenne niemanden, der je in Coney Island gewesen wäre«, erwiderte sie und schaute wieder in ihr Buch.

Margot erhob sich und ging unruhig auf dem Promenadendeck auf und ab. Schließlich fuhr sie mit dem Lift zum F-Deck, wo das Büro des Zahlmeisters lag. Die Unterhaltung mit Mrs. Markham hatte sie in der Erwartung bestärkt, daß immer noch ein Telegramm von Jim eintreffen könnte. Auf jeden Fall erwartete sie eines von ihrem Bruder und ihrer Schwägerin.

Tatsächlich erhielt sie auch ein Formular ausgehändigt, doch die Depesche stammte von Frank. Von Jim war nichts angekommen, ebensowenig von Cecile. Margot fiel ein, daß Cecile sich ja auf der Reise nach Schottland befand, und unterwegs war es natürlich schwierig, ein Telegramm zu senden.

Sie wanderte ziellos auf dem Schiff umher, bis es Zeit zum Tee war. Keine einzige vertraute Seele war an Bord, und aus reiner Langeweile kehrte sie in ihre Kabine zurück und legte sich hin. Sie wurde durch ihre Zofe gestört, die ihr das Abendkleid zurechtlegte.

»Wie spät ist es?«

»Es ist halb sieben, Madame«, antwortete Jenny.

Das Mädchen sah blaß und krank aus.

»Geht es Ihnen nicht gut?«

»Ich werde so leicht seekrank.«

»Aber jetzt ist es doch nicht schlimm«, meinte Margot. »Die See ist glatt wie ein Spiegel. Wo sind wir eigentlich?«

»In der Nähe von Cherbourg. In einer Stunde kommen wir dort an und bleiben mehrere Stunden.«

Nachdem Margot sich angekleidet hatte, ging sie in den Speisesaal und ließ sich einen Tisch geben, der nur für eine Person gedeckt war. Frank hatte natürlich einen guten Tisch mit drei Plätzen bestellt. Am andern Ende des Speisesaals sah sie Mrs. Stella Markham, die ein wundervolles Abendkleid in Schwarz und Blau trug. Auch sie saß an einem Tisch für sich allein.

Später ließ sich Margot den Kaffee in die große Gesellschaftshalle bringen. Der Raum war prachtvoll ausgestattet. Die Kapelle spielte. Als die ›Ceramia‹ um elf Uhr abends den Hafen von Cherbourg verließ, zog sich Margot in die Kabinen zurück und ging zu Bett.

12

Margot Cameron konnte Seereisen außerordentlich gut vertragen und brauchte die Seekrankheit nicht zu fürchten. Obwohl die See etwas unruhiger wurde, schlief sie vorzüglich, bis Jenny ihr am nächsten Morgen eine Tasse Tee und eine Orange ans Bett brachte.

»Ist irgendeine Nachricht für mich gekommen?«

»Nein, Madame.«

»Auch kein Telegramm?«

»Leider nicht.«

»Gut, dann machen Sie mein Bad fertig.«

Sie war bitter enttäuscht. Wenn Jim schon nicht die Möglichkeit gehabt hatte, sich an Bord von ihr zu verabschieden, hätte er ihr doch wenigstens eine Nachricht schicken können. Er hatte doch auch schon Seereisen gemacht und war an Bord großer Schiffe gewesen. Er mußte wissen, daß man den Leuten unterwegs Telegramme schicken konnte.

Als sie angekleidet war, suchte sie den Zahlmeister auf, den sie von früheren Reisen her kannte, und fragte ihn aus.

»O ja, wir sind schon weit genug von Land entfernt, um Telegramme aufzunehmen. Es sind auch während der Nacht schon eine ganze Anzahl eingelaufen.« Er sah sich um und sprach leiser. »Es war sogar eine Anfrage vom Justizministerium oder von der

Polizei dabei. Man erkundigte sich, ob ein Mann an Bord wäre namens ... Nun, er soll im Verdacht stehen, jemanden ermordet zu haben.«

»Ist er denn an Bord?« fragte Margot schnell und schauderte ein wenig.

Der Zahlmeister lachte.

»Nein, das nicht, aber man hat mich um drei Uhr nachts aus dem Bett geholt, um die Anfrage zu beantworten. Das war keine Kleinigkeit. Ich mußte über tausend verschiedene Reisepässe durchsehen, und das ist natürlich etwas langweilig.«

Margot lachte und bedauerte ihn gebührend.

»Sind eigentlich viele Passagiere an Bord?«

»Ja, wir sind besetzt bis auf den letzten Platz. Ohne die Pässe einzeln durchzusehen, hätte ich gar keine Antwort geben können. Glücklicherweise war ich in der Lage, die Frage zu verneinen. Wenn der Betreffende England auf einem Dampfer verlassen hat, was sehr unwahrscheinlich ist, dann mußte es ja nicht gerade die ›Ceramia‹ sein. Gestern sind ein Dutzend großer Passagierdampfer aus englischen Häfen ausgelaufen. Doch, um auf Ihre Angelegenheit zurückzukommen, Miss Cameron – seien Sie versichert, daß ich Ihnen das Telegramm sofort zustellen lasse, sobald es eintrifft.«

Damit mußte sie sich zufriedengeben. Es war Sonntagvormittag, und sie ging zum Gottesdienst, der im Salon der ersten Klasse abgehalten wurde. Danach brachte sie den Tag mit Lesen zu, aber die Stunden zogen sich endlos hin. Gegen Abend sah sie Mrs. Markham wieder. Es wäre schwierig gewesen, ihr an Bord aus dem Weg zu gehen, da ihr Deckstuhl direkt neben dem Margots stand, und bei den Fahrten über den Atlantik werden den Passagieren die Stühle und Plätze für die ganze Reisedauer fest zugeteilt.

So saßen sie also am zweiten Abend ihrer Reise wieder nebeneinander, als plötzlich ein mitgenommen aussehender Passagier vorüberwankte. Mrs. Markham lachte leicht auf.

»Das ist mein armer Butler – er wird so leicht seekrank.«

»Reist er denn auch erster Klasse?« fragte Margot überrascht, denn die Dienerschaft reiste gewöhnlich in einer tieferen Klasse.

Mrs. Markham zuckte die Achseln.

»Ja, warum auch nicht?« meinte sie gelassen. »Wenn ich einen Hund hätte, würde er auch erster Klasse fahren. Ich kann Passagiere niederer Klassen nicht leiden.«

Margot lächelte.

»Sie scheinen eine überzeugte Demokratin zu sein!«

Mrs. Markham sah sie einen Augenblick erstaunt an.

»Ich hasse Leute, die bei jeder Gelegenheit ironisch oder sarkastisch werden.«

»Ach, dann müssen Sie mich ja ganz besonders ins Herz geschlossen haben«, stellte Margot gutgelaunt fest.

Stella Markham runzelte die Stirn.

»Ich hasse Sie nicht. Sie sind so jung und erfrischend, daß man gern mit Ihnen spricht. Ich würde es mir jedenfalls keinen Moment überlegen, wenn ich mit Ihnen tauschen könnte.«

Als Margot hinunterging, um sich für den Abend umzuziehen, fiel ihr ein, daß sie Mrs. Dupreid ganz vergessen hatte. Sie benützte die Gelegenheit, noch schnell bei ihr vorbeizugehen. Wieder erschien das Mädchen mit den harten Gesichtszügen.

»Mrs. Dupreid fühlt sich wohler, aber sie schläft jetzt. Am Abend werde ich sie an Deck bringen, damit sie einen kurzen Spaziergang macht.«

Margot hatte die Beruhigung, wenigstens ihre Pflicht getan zu haben. Der Tag schien überhaupt kein Ende nehmen zu wollen. Sie seufzte erleichtert auf, als sie in ihren Pyjama schlüpfte und dieser Sonntag zu Ende war.

13

Der Montag begann nicht viel anders, nur war es wärmer geworden, und die Passagiere hatten die Mäntel abgelegt. Viele lehnten an der Reling oder ließen es sich in ihren Deckstühlen im Sonnenschein wohl sein.

Mrs. Stella Markham war die erste, die eine Andeutung darüber machte, daß irgend etwas an Bord nicht stimmte.

»Ich hatte gestern abend ein aufregendes Abenteuer«, erzählte sie, als sie neben Margot Platz nahm.

»Das klingt ja vielversprechend«, erwiderte Margot. »Im Augenblick bin ich für ein wenig Abwechslung und Zerstreuung sehr empfänglich.«

»Meine Kabine liegt auf dem A-Deck, auf dem wir uns hier befinden. Meine Fenster sind direkt unter der Kommandobrücke. Es ist geradezu gefährlich, wenn man vergißt, die Vorhänge vor die Luken zu ziehen. Noch unangenehmer ist, wenn draußen Liebespärchen an der Reling stehen, nachdem die Lichter gelöscht sind. Man hört alles so genau. Diese Unterhaltungen von Verliebten sind doch wirklich albern, finden Sie nicht auch?«

»Ich weiß es nicht«, bemerkte Margot ungezwungen. »Ich hatte noch nie Gelegenheit, Pärchen zu belauschen.«

Mrs. Markham sah sie lächelnd an.

»Also, das Abenteuer begann, als ich gleich nach dem Abendessen an Deck kam. Mein Mädchen war auf dem vorderen Deck spazieren gegangen, und ich muß sagen, daß ich eine gewisse Verantwortung für sie empfinde, besonders da sie gern Herrenbekanntschaften macht. Sie lehnte sich an die Reling und schaute auf die Leute im Zwischendeck hinunter. Zufällig drehte sie sich um und sah, daß sich jemand in meinen Räumen befand. Sie konnte von ihrem Platz aus direkt in mein Schlafzimmer sehen. Darauf sah sie sich rasch auf Deck um, und zu ihrem Erstaunen bemerkte sie eine Dame, die ängstlich in meine Kabine schaute.«

»Wie sah sie aus?«

»Das kann mein Mädchen leider nicht genau sagen. Sie behauptet, die Dame wäre dicht verschleiert gewesen. Das klingt ja recht romantisch, gibt aber keinerlei Anhaltspunkt. Jedenfalls habe ich noch keine dichtverschleierten Passagiere auf dem Schiff gesehen, obwohl manche Damen wirklich gut daran täten, ihr Gesicht zu verstecken, damit man nicht ständig ihre unangenehmen Züge vor Augen hätte.«

»Nun, und was geschah weiter?«

»Die Dame sah mein Mädchen und entfernte sich schnell. Meine Zofe eilte ihr nach, aber sie konnte in dem langen Korridor keine verschleierte Dame entdecken. Und als sie dann zu meinen Räumen zurückkam, waren sie leer. Doch das Merkwürdigste kommt noch. Etwa um halb zwölf Uhr nachts ging ich mit Mr. Winter ein paarmal an Deck auf und ab – so heißt mein Butler, ein sehr achtbarer Mann. Der Geistliche, Mr. Price aus Texas, kam dazu und begleitete uns. Wir sprachen über dies und das. Sie wissen ja, man redet die albernsten Dinge, nur damit die Unterhaltung nicht einschläft. Und so ein Pfarrer ist die einzig mögliche Person, die einem Gesellschaft leisten kann, wenn man seinen Butler dabei hat. Wir gingen also zusammen auf und ab, bis es zwölf war und von der Kommandobrücke die Glocke zur Ablösung ertönte. Dann verabschiedete ich mich von Mr. Price und suchte meine Kabine auf. Winter mußte mich, wie es seine Aufgabe ist, bis zur Tür begleiten. Als ich öffnete, brannte das Licht.

Ich wollte gerade eine Bemerkung zu Winter machen, als ich eine schmutzige Hand und einen blauen Ärmel sah – die Hand tastete sich aus dem anderen Zimmer um die Türecke und drehte das Licht aus. Mr. Winter ist sehr mutig, er eilte sofort in mein Schlafzimmer, machte Licht und kam gerade noch zurecht, um einen Mann zu sehen, der wie ein Aal durch die Kabinenluke aufs Deck hinauskletterte. Er verschwand über die Reling nach unten.«

Margot sah Mrs. Markham bestürzt an.

»Wissen Sie, wer es war?«

»Es muß ein Matrose gewesen sein. Natürlich habe ich mich beim Kapitän beschwert.«

»Weshalb ist der Mann in Ihre Kabine eingedrungen? Wollte er Sie bestehlen?«

Mrs. Markham schüttelte den Kopf.

»Ich bin ziemlich sorglos mit meinen Schmucksachen. Es lagen verschiedene wertvolle Stücke in der Kabine herum, aber wir müssen ihn vermutlich bei der Arbeit gestört haben, denn es fehlte nichts.«

»Haben Sie sein Gesicht gesehen?«

»Das war unmöglich, aber Mr. Winter sagte, daß es ein Heizer gewesen sein müsse. Seine Hände und sein Gesicht waren schmutzig, und er trug einen dunkelblauen Kittel, wie ihn gewöhnlich die Heizer im Dienst anhaben.«

Der Kapitän nahm die Sache offenbar sehr ernst, denn am Nachmittag ließ er alle Heizer am hinteren Deck antreten. Mr. Winter begleitete Mrs. Markham, um den Schuldigen herauszufinden.

Aber er hatte kein Glück dabei, denn er erkannte keinen der Männer. Jedenfalls befand sich der Gesuchte nicht unter den Heizern, die angetreten waren.

Am Abend erhielt jeder Passagier ein Exemplar der Schiffszeitung, die an Bord gedruckt wurde. Darin standen die wichtigsten Funknachrichten. Margot war gespannt, ob Mrs. Markhams Erlebnis erwähnt wurde.

Sie sah die Zeitung von Anfang bis zu Ende genau durch, aber vor allem wurden Auszüge aus Vorträgen und Reden wiedergegeben, die irgendwelche politische Persönlichkeiten gehalten hatten. Dafür interessierte sie sich nicht im geringsten. Sie überflog die letzten Resultate der Tennisturniere an der Riviera, dann folgten Börsenberichte – das war alles.

Margot sprach den Zahlmeister an, als er im Laufe des Abends auf dem Promenadendeck erschien.

»Ihre Zeitung ist nicht gerade sehr interessant, wie?«

»So interessant, wie wir sie eben machen können«, meinte er lächelnd. »Wir können ja nur das drucken, was uns erreicht.«

»Haben Sie denn nichts unterschlagen?«

»Nein, bestimmt nicht, Madame. Erwarten Sie etwas Besonderes in der Zeitung zu finden?«

»Nein – nein, das gerade nicht.« Sie zuckte die Achseln. »Aber ich hoffte doch, etwas Anregenderes zu entdecken als nur langweilige Reden von Ministern und Staatsoberhäuptern.«

Diese letzte Bemerkung hatte Mrs. Markham mitangehört. Sie ging jedoch fort, ohne sich an der Unterhaltung zu beteiligen.

»Hat Ihnen etwa Mrs. Markham erzählt, was gestern abend vorgefallen ist?«

Margot nickte.

»Ach, es wäre mir lieber gewesen, wenn nichts derartiges passiert wäre«, sagte der Zahlmeister beunruhigt. »Ich habe an und für sich schon sehr viel zu tun. Aber es vergeht kaum eine Reise ohne einen solchen Zwischenfall. Wenn sich so viele Leute an Bord eines Schiffes aufhalten, sind immer auch einige Verbrecher darunter. Unsere eigenen Leute sind vollkommen ehrlich, sie sind meistens schon jahrelang im Dienst und haben nie Anlaß zu Klagen gegeben. Früher, als die Schiffe noch Kohlenfeuerung hatten, war es allerdings mit den Heizern schlecht bestellt. Damals mußten wir froh sein, wenn wir den Abschaum der ganzen Menschheit anheuern konnten. Aber heute, bei der modernen Ölfeuerung, können wir uns die Leute aussuchen, und gewöhnlich sind sie dem Chefingenieur persönlich bekannt.«

»Ist das Mr. Smythe?«

»Ja. Kennen Sie ihn?«

»Ich habe von ihm gehört. Er ist der Freund eines guten Bekannten von mir.«

14

Margot war merkwürdig wach an diesem Abend. Lange noch saß sie an Deck, nachdem die meisten Passagiere schon nach unten gegangen waren, und las bei einer Lampe.

Sie sah, wie Mrs. Markham vorbeikam und sich auf den Arm ihres Butlers stützte. Kurz darauf verschwanden die beiden wieder.

Die meisten Lichter an Bord waren gelöscht, und die Decks lagen verhältnismäßig einsam und verlassen da. Nur ein paar Unentwegte gingen noch auf und ab.

Margot wollte gerade aufbrechen, als sie einen Mann bemerkte, der langsam vom Schiffsende her näherkam. Er trug Abendkleidung und hielt sich ständig nahe der Reling, wobei er die meiste Zeit auf die dunkle Wasserfläche hinaussah. Erst als er in die Nähe ihres Stuhls kam, drehte er sich um.

Mit einem lauten Ausruf sprang sie auf.

Es war Jim Bartholomew!

»Jim!« rief sie atemlos und streckte beide Hände aus. »Warum – wieso . . .«

»Pst!« flüsterte er. »Nenne mich nicht Jim.«

»Aber ich verstehe nicht . . .«

»Nenne mich John Wilkinson, das ist auch ein ganz guter Name.«

»Aber, Jim, was ist denn passiert? Was hat das alles zu bedeuten? Warum bist du auf dem Schiff? Ich freue mich ja so! Ich hatte mir schon große Sorgen gemacht, als du bei der Abfahrt nicht da warst.«

Er sah sich vorsichtig um.

»Geh zur Reling und tu so, als ob du aufs Meer hinausschaust – dann komm' ich zu dir, und wir können miteinander sprechen.« Er wartete, dann trat er neben sie und sagte ernst und leise: »Ich möchte, daß wir wirkliche Freunde werden.«

»Das brauchst du nicht erst zu betonen«, erwiderte sie ebenso leise.

»Ich fürchte, deine Geduld wird auf eine harte Probe gestellt – aber zuallererst möchte ich dich bitten, mich jeden Abend hier zu erwarten.«

»Warum kann ich dich nicht am Tag treffen?«

»Ach, es gibt Gründe – du kennst sie noch nicht . . .«

Ihr Herz schlug heftig. Sie fürchtete, daß ihm etwas geschehen könnte, und wilde Vermutungen stiegen in ihr auf. Doch das brachte sie dem Geheimnis auch nicht näher.

»Ich verstehe es nicht.« Sie legte ihre Hand auf die seine. »Aber ich vertraue dir, und ich bin so glücklich, daß du wenigstens an Bord des Schiffes bist. Unter welchem Namen sagtest du?«

»John Wilkinson. Es war nicht gerade eine originelle Idee, nur einfach der erste Name, der mir eingefallen ist.«

»Wo ist deine Kabine?«

Er lachte leise.

»Eine Kabine habe ich nicht, wenigstens nicht für mich allein.«

»Aber, Jim ...«

Er drückte ihre Hand.

»Mein Liebling, vor ein paar Tagen hätte ich dich kurzerhand in die Arme nehmen können – ich hätte dich bitten können, meine Frau zu werden. Aber diese Gelegenheit habe ich versäumt. Es war eine Art Eitelkeit – die Männer nennen es auch Stolz –, die mich zurückhielt, weil du sehr reich bist. Und heute laufe ich nicht nur Gefahr, dich ganz zu verlieren, sondern muß dir auch großen Kummer bereiten. Aber, so hoffe ich, in vier Tagen wird die schlimmste Gefahr abgewendet sein.«

»In den nächsten vier Tagen?« fragte sie besorgt.

»Ja, es klingt seltsam – in den nächsten vier Tagen muß ich mein Ziel erreichen, sonst steht es schlimm um meine Sache. Liebste Margot, willst du mir soviel Vertrauen schenken? Kannst du solange warten?«

Sie nickte und schmiegte sich an ihn.

»So, nun mußt du nach unten gehen. Ich werde hier an die Reling gelehnt stehenbleiben. Dort vorne kommt so ein schiefäugiger Schiffsinspektor, der soll keine Unterhaltung mit mir anfangen. Gute Nacht.«

Er zog ihre eine Hand unter seinen Arm und küßte ihre Fingerspitzen.

Ihre Gedanken wirbelten durcheinander, Freude und Furcht rissen sie hin und her. Sie fürchtete für den Mann, den sie liebte, denn sie fühlte, daß er in großer Gefahr schwebte.

15

Am nächsten Morgen unterhielt sich Margot Cameron mit dem Obersteward. Sie gab ihren einzelnen Tisch auf und ließ sich einen Platz am Tisch des Zahlmeisters anweisen. Vier weitere Passagiere hatten schon ihre Plätze dort. Zwei von ihnen erschienen während der ganzen Reise nicht zu den Mahlzeiten. Der dritte war ein Deutschamerikaner, der immer sehr zeitig kam und gewöhnlich den Tisch schon wieder verlassen hatte, bis Margot erschien.

»Ich habe noch nie eine so unangenehme Tischgesellschaft gehabt«, sagte der Zahlmeister zu Margot. »Und ich bin Ihnen sehr dankbar, daß Sie mir Gesellschaft leisten wollen – das macht das Leben noch einmal so lebenswert. In Zukunft werde ich von jedem Passagier, der einen Platz an meinem Tisch wünscht, eine schriftliche Garantie verlangen, daß er zu den Mahlzeiten auch wirklich erscheint. Übrigens speist gewöhnlich noch ein italienischer Offizier mit mir zusammen – haben Sie ihn vielleicht schon gesehen?«

»Ach, ist es der Herr mit den grauen Breeches?«

Sie hatte den distinguierten italienischen Stabsoffizier in seiner feldgrauen Uniform, den vielen Goldtressen und den blankpolierten Reitstiefeln schon ein paarmal gesehen. Vor allem war er ihr durch seine Breeches und den eleganten Schnitt seines Waffenrocks aufgefallen.

»Ja, den meine ich. Er heißt Pietro Visconti, ist ein großer Patriot und geht als Attaché an die italienische Botschaft in Washington. Jedenfalls reist er mit diplomatischem Paß.«

Kurz darauf erschien der Italiener. Er war verhältnismäßig klein, hatte scharf geschnittene, intelligente Gesichtszüge und sprach sehr viel und sehr lebhaft. Sein Benehmen war tadellos; er bewegte sich etwas eckig militärisch, besonders wenn er sich aus dem Hüftgelenk heraus verbeugte. Er sprach fließend Englisch, war äußerst unterhaltsam und hatte sogar Humor.

Margot brauchte seiner Komplimente wegen nicht allzu besorgt zu sein. Er würde ihr nicht gefährlich werden, denn er vertraute ihr noch am gleichen Nachmittag an, daß er sich leidenschaftlich in eine andere Dame verliebt hätte. Margot seufzte erleichtert auf, als sie dies hörte. Es handelte sich um niemand anders als Mrs. Markham. Er schwärmte von ihren schönen Augen, ihrer anmutigen Gestalt, ihrem zarten, reinen Teint und ihrer vornehmen Haltung. Auch nach diesem ersten Geständnis sprach er jedesmal, wenn er bei dem Thema angekommen war, eine halbe Stunde lang ohne Punkt und Komma weiter.

Margot war froh über die Zerstreuung. Die Tage waren ihr bis jetzt schon recht lang vorgekommen – der heutige Tag aber wollte überhaupt kein Ende nehmen. Sie versuchte, am Nachmittag ein wenig auszuruhen und zu schlafen, um frisch und munter für die Unterhaltung mit Jim zu sein, aber sie konnte nicht einschlafen. Und als sie dann an Deck zurückkehrte, traf sie Major Visconti, der sie sogleich wieder in eine Unterhaltung verwikkelte.

Am Abend stellte ihr Mrs. Markham den Pfarrer Charles Price vor. Nach einem kurzen Gespräch schon war sie angenehm überrascht, weil sie es mit einem liebenswürdigen, klugen Mann zu tun hatte, der sich sehr taktvoll mit ihr unterhielt und in seinen Ansichten großzügig war.

Er erzählte ihr, daß er aus Gesundheitsrücksichten eine Reise nach Europa unternommen hätte.

»War es wegen Ihrer Nerven?« fragte Margot.

Er sah sie überrascht an.

»Ja. Wie kommen Sie darauf?«

»Sie sind etwas nervös. Seit Sie mit mir sprechen, sehen Sie sich dauernd um und fahren beim geringsten Geräusch zusammen.«

»Ja, das stimmt. Und natürlich hat mir auch das Abenteuer von Mrs. Markham zugesetzt. Es tut mir wirklich leid, daß sie solche Aufregungen hat, aber ich muß sagen, daß sie recht mutig ist.«

Der Decksteward brachte den Tee, den er auf kleinen, geflochtenen Unterlagen servierte.

»Gehen Sie zu Bekannten nach Amerika?« fragte Mr. Price, als er die Teetasse entgegennahm.

»In gewisser Weise ja, aber hauptsächlich ist es ein geschäftlicher Besuch. Und dann kann ich hoffentlich bald wieder nach England zurückfahren.«

Im gleichen Augenblick fiel ihr ein, daß sie nicht sofort umzukehren brauchte, da ja Jim auch nach Amerika reiste. Was er in New York vorhatte, wußte sie freilich nicht. Die nächsten vier Tage sollten eine wichtige Entscheidung für ihn bringen. Wo mochte er sich nur aufhalten? Warum kam er nicht aufs Promenadendeck zu den anderen Passagieren?

Schließlich gab sie es auf, das Geheimnis lösen zu wollen. Mr. Price, der sie dauernd durch seine große Brille scharf beobachtet hatte, stellte die leere Teetasse ab.

»Meiner Meinung nach sind Sie selbst sehr nervös, Miss Cameron!« sagte er.

16

Als Margot zum Abendessen kam, fand sie außer der Bordzeitung auch noch eine Passagierliste vor. Darauf hatte sie schon sehr gewartet, aber nicht gewagt, danach zu fragen. Sorgfältig ging sie die langen Spalten durch, und als sie überall nachgesehen hatte, war sie enttäuscht.

Jim stand nicht darauf, weder unter seinem eigenen Namen noch als John Wilkinson. Sie faltete die Liste nachdenklich wieder zusammen und legte sie neben ihren Teller.

»Haben Sie nach jemandem gesucht?« fragte der Zahlmeister.

»Ja«, antwortete sie so unbeteiligt wie möglich. »Ein Freund von mir wollte eventuell mit diesem Dampfer reisen – ein Mr. John Wilkinson.«

Der Zahlmeister schüttelte den Kopf.

»Wir haben keinen Wilkinson an Bord, weder in der ersten noch in der zweiten oder dritten Klasse. Ich weiß es ganz genau, weil ich heute die Landungsausweise durchgesehen und mit der Passagierliste verglichen habe.«

»Nicht an Bord?« fragte sie ungläubig.

»Nein, wir haben diesmal keinen Passagier, der Wilkinson heißt. Das ist zwar etwas ungewöhnlich, denn der Name kommt ja ziemlich häufig vor. Aber es sind schon viel merkwürdigere Dinge passiert – ich habe einmal drei Überfahrten hintereinander gemacht, ohne daß wir einen einzigen Smith an Bord gehabt hätten!«

Der Zahlmeister stand früher als sonst vom Tisch auf – ein Gehilfe war erkrankt, und nun mußte er dessen Arbeit übernehmen.

»Übrigens, Miss Cameron«, sagte er noch, bevor er wegging, »wenn Sie zur Abwechslung etwas Interessantes sehen und solange aufbleiben wollen, würde ich Ihnen ganz gern einmal unsere Radiostation vorführen.«

Sie nickte heftig. »O ja, die würde ich sehr gern sehen – aber haben Sie nicht zuviel zu tun?«

»Selbst Zahlmeister haben gelegentlich Feierabend! Würden Sie heute abend um halb eins auf dem obersten Deck auf mich warten? Dann zeige ich Ihnen die Anlage.«

Jim wollte sie um zwölf Uhr treffen. Lange konnte er doch nicht bleiben, also durfte sie ruhig diese Verabredung treffen.

Es war erst halb zwölf, als sie an Deck kam. Fünf Minuten vor zwölf schlenderte Jim langsam die Reling entlang. An diesem Abend blieb er häufiger stehen, um aufs Meer hinauszuschauen. Das Wetter war herrlich, und das Schiff lag vollkommen ruhig auf dem Wasser. Es waren auch bedeutend mehr Passagiere draußen als sonst, um die friedliche Nachtluft zu genießen.

Sie trat ebenfalls an die Reling. Er hatte gerade zwischen zwei Decklampen haltgemacht und sich über das Geländer gelehnt. Er war vollkommen korrekt gekleidet, aber sie fand, daß er müde und bleicher aussah.

»Es war heute sehr heiß«, sagte er, als sie sich nach seinem Befinden erkundigte, »und ich war – in meiner Kabine.«

»Hast du eigentlich Frank noch vor deiner Abfahrt gesprochen?«

»Nein, dazu hatte ich keine Zeit. Ich bin Freitag nacht gefahren.«

Sie fragte ihn nicht nach dem Grund, denn sie wußte, daß er darauf keine Antwort geben wollte.

»Margot«, sagte er plötzlich, »willst du mir nicht erzählen, was du über deine Schwägerin weißt?«

»Über Cecile?« fragte sie überrascht.

»Ja.«

»Aber, Jim, du weißt doch alles, was man da erzählen könnte. Vor sieben Jahren heiratete sie Frank.«

»Was war sie denn vor ihrer Heirat?«

»Wie meinst du das? Sie lebte doch in äußerst guten Verhältnissen, denn sie ist die Tochter von Henrik Benson. Sicher hast du schon von diesem reichen Künstler gehört? Er ist es auch, der den Ring mit den Töchtern der Nacht kopiert hat.«

»Ja – aber was weißt du sonst über die Familie?«

»Nichts. Nur, daß ihre Schwester im Alter von achtzehn Jahren heiratete und in ihrer Ehe unglücklich wurde. Ich habe nicht viel darüber erfahren, Cecile spricht nicht gern über diesen Punkt. Ihre Schwester lief, als sie noch auf die Schule ging, mit einem Chauffeur davon. Es ist doch ganz verständlich, daß sie das nicht gerade an die große Glocke hängen möchte. Jedenfalls ist diese Schwester später in New York gestorben.«

»Das habe ich auch erfahren. Weißt du vielleicht, was aus ihrem Mann geworden ist?«

Margot zögerte.

»Auch darüber weiß ich nichts Genaues. Er muß ein zweifelhafter Mensch gewesen sein – er ist dann für längere Zeit ins Gefängnis gekommen. Aber was wirklich mit ihm los war, kann ich nicht sagen. Warum fragst du mich nach all diesen Dingen, Jim? Ach, entschuldige, ich darf dich ja nicht ausfragen!«

Er lehnte sich zu ihr hinüber, sah sich erst noch einmal nach allen Seiten um und küßte sie dann aufs Ohr.

»Margot, denke an mich und halte mir den Daumen. Die nächsten drei Tage kommt es darauf an. Ich bin in einer schwierigen Lage.«

Sie drückte seinen Arm.

»Ja, ich werde es tun. Ich will immer an dich denken«, sagte sie fest.

»Und du mußt an mich glauben, was immer du auch hören magst.«

Sie nickte.

»So, nun geh wieder nach unten, Liebes. Ich muß mich leise zu meinem Versteck schleichen.«

Sie wollte schon gehen, als er sie am Arm faßte und wieder zur Reling zog. Zwei junge Passagiere kamen das Deck entlang und unterhielten sich angeregt. Den einen hatte Margot schon einmal gesehen, der andere war ihr fremd. Äußerlich schienen es übliche Passagiere erster Klasse zu sein, aber auf Jim machte ihr Erscheinen einen ungewöhnlichen Eindruck.

»Was stimmt denn nicht?« fragte sie leise, als die beiden vorübergingen. »Kennst du die beiden?«

»Einen von ihnen«, erwiderte er düster, »den, der uns zunächst geht!«

»Wer ist es?«

»Das kann ich nur vermuten. Als ich ihn das letztemal sah, war er nackt bis zum Gürtel und hieß Nosey. Jetzt müssen wir uns aber trennen, ich muß fort!«

Sie ging schnell zu ihrer Kabine, und als sie kurz darauf wieder an Deck kam, war Jim verschwunden. Auch den geheimnisvollen Nosey konnte sie nirgends mehr entdecken.

17

Bald nach zwölf kam der Zahlmeister und zeigte Margot die enge Treppe, die zur Funkkabine führte und zwischen den beiden großen Schornsteinen der ›Ceramia‹ lag. Es war sehr heiß, und der Raum war taghell erleuchtet. Die kleinen Lampen auf dem Schaltbrett glühten. Der Telegrafist erklärte die Funktion der einzelnen Instrumente, und es dauerte nicht lange, bis Margot einen Kopfhörer anlegen und lauschen durfte.

»Das ist die ›Campania‹«, erklärte der Telegrafist. »Sie liegt dreihundert Meilen weiter zurück.«

»Großartig«, sagte sie. »Und was ist das für ein anderes Geräusch?«

Er stellte eine längere Welle ein, was in den Apparaten allerhand unangenehme Laute verursachte.

»Das ist Aberdeen, die letzte Station, die wir von England hören können. Morgen haben wir keine Verbindung mehr mit dem Lande. Aber ich glaube, das sind die Nachrichten, die jetzt durchgegeben werden. Entschuldigen Sie bitte, ich brauche den Hörer nun selbst.«

Der Telegrafist setzte sich hin und legte einen großen Schreibblock bereit. Er begann zu notieren, sah sich aber gleich darauf nach dem Zahlmeister um.

»Ich weiß nicht, ob es Zweck hat, diese Nachricht hier aufzufangen? Der Erste Offizier hat ja ausdrücklich Anweisung gegeben, daß nichts von dem Mord in Moorford in die Bordzeitung kommen soll.«

»Was ist das für ein Mord in Moorford?« fragte Margot ängstlich. »Um was handelt es sich?«

»Alle Nachrichten darüber hat der Erste Offizier aus der Bordzeitung gestrichen«, unterrichtete sie der Zahlmeister. »Ich glaube, er tat es, damit der Verbrecher nicht gewarnt wird, wenn er sich zufällig an Bord dieses Schiffes befinden sollte. Die Sache ist in einer Bank passiert ...«

Margot hatte sich an eine Kabinenwand gelehnt. Sie war furchtbar blaß geworden, aber bei dem unheimlich hellen Licht der elektrischen Lampen konnten die anderen es nicht sehen. Als sie den weiteren Erklärungen des Zahlmeisters lauschte, hatte sie den Eindruck, als käme seine Stimme von weit her.

»Der zweite Direktor, ein Mann namens Stephenson oder Sanderson, wurde erschossen, und der erste Direktor, ein gewisser

Bartholomew, wurde mit dem Revolver in der Hand angetroffen. Das hätte an und für sich nichts zu bedeuten gehabt und sich unter Umständen ja erklären lassen. Bartholomew hatte sich erst wenige Minuten vorher vom Polizeiinspektor getrennt. Aber in der gleichen Nacht verschwand er und nahm ein Diamanthalsband im Wert von hundertzwölftausend Pfund mit. Zufällig befindet sich die Dame, der der Schmuck gehört, an Bord dieses Schiffes. Es ist soeben ein Radiotelegramm angekommen, das den Verlust meldet. Ich werde ihr die Nachricht morgen in aller Frühe zustellen lassen.«

»Was – was ist mit Bartholomew geschehen?« fragte Margot leise.

»Er ist entkommen.« Der Zahlmeister zuckte die Achseln. »Es ist allerdings möglich, daß sie ihn erwischt haben, seit wir die letzte Mitteilung darüber erhielten. – Oder haben Sie vorhin etwas Neues gehört?« wandte er sich an den Telegrafisten.

»Nein, es ist nicht der Rede wert. In Frankreich wurde ein Mann verhaftet, aber es stellte sich später heraus, daß es nicht Bartholomew ist.«

Margot machte einen Schritt vorwärts und wäre gestürzt, wenn der Zahlmeister sie nicht aufgefangen hätte.

»Miss Cameron«, sagte er, »es tut mir unendlich leid, daß ich Sie hierhergeschleppt habe. Die Hitze hier ist zu groß, und die Luft ist auch nicht die beste.« Er führte sie hinaus aufs Bootsdeck und besorgte ihr einen Stuhl. »Warten Sie bitte hier. Ich bringe Ihnen gleich ein Glas Wasser.«

Er eilte nach unten.

Im Schatten eines der Rettungsboote bewegte sich jemand, und Margot sah, daß der Mann ein weißes Frackhemd trug.

»Jim!« rief sie leise. »Jim!«

Geräuschlos kam er zu ihr, und sie bemerkte, daß er nackte Füße hatte.

»Jim, ich weiß es! Was hat das alles nur zu bedeuten?«

»Ach, du hast es gehört?« fragte er ruhig.

Sie nickte.

»Margot, vertraust du mir auch jetzt noch? Glaubst du noch an mich?«

Sie holte tief Atem und sah ihn voll an.

»Ja, Jim, ich glaube an dich.«

Er beugte sich zu ihr nieder und küßte sie leidenschaftlich.

Gleich darauf hörten sie die Schritte des Zahlmeisters auf der Treppe. Jim verschwand wieder im Schatten.

»Es geht mir jetzt besser«, sagte sie, als sie das Glas mit zitternder Hand entgegennahm.

»Es sieht aber nicht so aus, als ob es Ihnen viel besser ginge. Wirklich, es tut mir sehr leid, daß ich dazu die Veranlassung sein mußte. Ich hätte wissen sollen, daß es in dem kleinen, engen Raum zu heiß für Sie ist.«

»Ach, das ist schon in Ordnung. Es ist meine eigene Schuld, ich – ich habe heute abend zuviel Wein zum Essen getrunken.«

»Aber damit kommen Sie bei mir nicht weit!« entgegnete der Zahlmeister vorwurfsvoll. »Sie vergessen, Miss Cameron, daß ich mit Ihnen zusammen am Tisch sitze – Sie haben überhaupt noch kein Glas Wein getrunken, seit Sie an Bord sind.«

Sie lachte, aber es klang nervös.

Er brachte sie nach unten und übergab sie der Stewardeß.

Später warf sie sich auf ihrem Lager von einer Seite auf die andere, und immer wieder glaubte sie das eine Wort zu hören: Mörder! Mörder!

Das Zischen der Wellen, die gegen die Bordwand schlugen, das Wehen des Windes, der sich im offenen Kabinenfenster fing, schienen es zu wiederholen.

Es war undenkbar! Jim konnte es unmöglich getan haben! Er hatte ja im Scherz davon gesprochen, daß er Bankräuber werden wollte, aber es war doch einfach absurd. Trotzdem blieben die Tatsachen bestehen – ein Steckbrief war gegen ihn erlassen worden, und er war geflohen. Damit bekannte er sich schuldig.

Was sollte sie tun? Diese Frage legte sie sich unzählige Male vor, ohne eine Antwort darauf finden zu können. Es blieb ihr nur eins übrig – sie mußte an ihn glauben und warten.

Wo mochte Jim sich aufhalten? In welchem Teil des Schiffes verbarg er sich? Wie konnte er der Wachsamkeit der Inspektoren entgehen, die jeden Quadratmeter des Schiffes zweimal am Tag absuchten, um Leute zu erwischen, die sich möglicherweise versteckt hielten? Auf der Jagd nach blinden Passagieren durchstöberten sie jedes Rettungsboot und machten vor den verborgensten Winkeln nicht halt.

Solche und ähnliche Fragen drängten sich ihr unablässig auf. Es war sechs Uhr morgens, als sie endlich in Schlaf sank, und sie war noch nicht an Deck erschienen, als der Trompeter das Signal zum Mittagessen gab.

18

»Ich möchte Sie gern sprechen«, sagte Stella Markham, als sie sich neben Miss Cameron niederließ. »Ich habe eine furchtbare Nachricht erhalten.«

Margot wußte sehr wohl, um was für eine Nachricht es sich handelte. In diesem Augenblick haßte sie diese Frau mit ihrem melancholischen Aussehen, wie sie nie zuvor ein menschliches Wesen gehaßt hatte. Wenn diese schreckliche Person ihre Diamanten nicht auf der Bank deponiert hätte, wäre dieses Verbrechen überhaupt nicht passiert. Warum hatte sie ihren Schmuck nicht nach London oder New York gebracht?

»Ja, bitte –«, antwortete sie und versuchte, möglichst uninteressiert zu erscheinen.

»Ich habe ein kostbares Diamantenhalsband verloren, das heißt, es ist mir gestohlen worden – vom Bankdirektor selbst. Natürlich wird mir die Bank den Schaden ersetzen, aber es waren alles ausgesuchte Steine.«

»Seit wann treten Sie eigentlich auf der Bühne auf?« fragte Margot unhöflich.

»Wie kommen Sie darauf?«

»Ich dachte, daß nur Schauspielerinnen dauernd Juwelen gestohlen werden – noch dazu im Wert von hundertzwölftausend Pfund!« stieß Margot aufgebracht hervor. »Warum bringen Sie überhaupt Ihren Schmuck zur Bank, statt ihn selbst zu tragen? Natürlich – es ist bequemer, das Risiko auf andere Leute abzuwälzen!«

Mrs. Markham zog die dünnen Augenbrauen hoch, dann brach sie in Lachen aus.

»Ach, ich habe ja ganz vergessen, daß der amüsante Mr. Bartholomew, der mit dem Halsband verschwand, mit Ihnen befreundet war.«

»Er ist noch immer mein Freund!« erklärte Margot mit glühenden Wangen.

»Oh, es muß sehr interessant sein, mit Leuten aus der Verbrecherwelt bekannt zu sein!« erwiderte Mrs. Markham ironisch.

»Ich weiß nicht, warum Sie das sagen!« Margots Zorn steigerte sich. »Ich weiß nur, daß Sie mit Ihrer Eitelkeit und Ihrem Eigennutz einen hervorragenden Mann zu Fall gebracht haben!« Während Stella Markham nachsichtig lächelte, schloß Margot ihre

Anklage mit der Bemerkung: »Und außerdem ist dabei ein tüchtiger Mann ums Leben gekommen.«

»Wieso?« Das Lächeln verschwand aus Mrs. Markhams Zügen, und sie fragte schnell: »Wer soll ums Leben gekommen sein?«

»Stephen Sanderson, der Assistent von Mr. Bartholomew. Er wurde erschossen in seinem Büro aufgefunden – am Abend vor unserer Abfahrt von England.«

Mrs. Markham sah plötzlich alt und eingefallen aus.

»Um Himmels willen!« sagte sie leise. »Erschossen – nein, das ist ja entsetzlich!«

Ihr Aussehen hatte sich so verändert, daß Margot erschrocken zu ihr trat und sie am Arm faßte.

»Was fehlt Ihnen?« fragte sie.

Aber Mrs. Markham antwortete nicht. Sie schüttelte nur schwach den Kopf und sank dann ohnmächtig in ihren Stuhl zurück.

19

Der Tag war für Margot Cameron wie ein böser Traum. Nachts um zwölf war sie wie sonst oben an Deck, um Jim zu treffen, aber er kam nicht. Früher am Abend hatte sie Pfarrer Price getroffen, der mit Mrs. Markham auf dem Promenadendeck spazierenging.

Mrs. Markham hatte sich wieder erholt und entschuldigte sich bei Margot. Sie versicherte, daß sie sich wieder ganz wohl fühle, aber es waren dunkle Schatten unter ihren Augen zu sehen.

»Es ist schrecklich mit mir, ich kann von keinem Mord oder Unfall hören, ohne daß ich die Nerven verliere. Und heute morgen war es besonders schlimm für mich, weil ich den armen Mann genau kannte.«

»Auch ich habe von dem traurigen Vorfall gehört«, bemerkte Mr. Price, »und ich muß sagen, es ist entsetzlich – schrecklich!«

»Das mag ja auch die Erklärung dafür sein, daß . . .« begann Mrs. Markham.

»Wofür?« fragte Mr. Price.

»Ich meine für das, was der Decksteward Ihnen heute abend erzählte.«

»Ach so.«

Mr. Price starrte über die Reling auf das Meer hinaus.

»Worum handelt es sich?« fragte Margot.

»Der Decksteward sagte, daß zwei Kriminalbeamte an Bord wären. Ich weiß allerdings nicht, ob sie Passagiere erster Klasse sind.«

Neuer Schrecken packte Margot.

»Wie, Kriminalbeamte – hier an Bord?« wiederholte sie unsicher. »Wissen Sie, wer die beiden sind? Können Sie sie mir zeigen?«

»Nein –«, erklärte Mrs. Markham nervös. »Winter wird sie wahrscheinlich kennen. Er verkehrt mit solchen Menschen – ich meine, mit Kriminalbeamten ...«

»Es ist schrecklich«, versicherte Mr. Price aufs neue. Die Geschichte mit dem Bankeinbruch schien ihm sehr nahezugehen. »Ich – ich sollte mich jetzt zurückziehen und zur Ruhe legen. Wenn die Damen mich entschuldigen wollen ...«

Er nickte kurz und ging fort.

»Ich mag den Pfarrer gut leiden«, sagte Margot. »Ich weiß nicht, warum, aber er macht auf mich einen sympathischen Eindruck.«

»Ja, er ist ein sehr netter Mann – auch meiner Ansicht nach.«

»Ihr Butler ist heute abend wohl nicht an Deck?«

»Er ist wieder seekrank«, antwortete Mrs. Markham schroff. »Heute morgen hatten wir etwas Seegang, und das genügte, um ihn kampfunfähig zu machen.«

Lange wartete Margot in dieser Nacht auf Jim. Sie wartete immer noch, als die Nachtwache das Deck mit großen Schläuchen abspülte. Dann ging sie in ihre Kabine und weinte. Schlafen konnte sie nicht, und als um fünf Uhr der Morgen graute, erhob sie sich, kleidete sich an und verließ die Kabine.

Die Aufzüge waren zu dieser Zeit außer Betrieb, und sie mußte die große Treppe hinaufsteigen. Als sie das C-Deck erreichte, kam ihr Mrs. Dupreid in den Sinn, und sie lächelte ein wenig, als sie sich überlegte, daß es jetzt wohl kaum anginge, sich nach ihr zu erkundigen.

Trotzdem sah sie den langen Gang mit den Kabineneingängen entlang.

Die Tür zu Mrs. Dupreids Kabine war nur angelehnt, und Margot bemerkte, daß drinnen Licht brannte. Vielleicht kann sie ebensowenig schlafen wie ich? dachte Margot.

Nach kurzem Zögern ging sie die paar Schritte und klopfte an die Tür, die dadurch in Bewegung geriet, sich ein Stück weit öffnete und einen Blick ins Innere erlaubte.

Die Kabine war leer, das Bett unberührt.

Margot runzelte die Stirn.

Vielleicht war Mrs. Dupreid an Deck. Margot ging also die Treppe weiter hinauf und trat hinaus in die kühle Morgenluft.

Das Deck war vollkommen leer – einzig der Steuermann ging weiter vorn langsam auf und ab. Mit abwesendem Blick sah er zu Margot hin. Die absonderlichen Gewohnheiten der Passagiere mochten ihn nicht mehr überraschen. Aber gleich darauf trat er auf sie zu und fragte, ob sie eine Tasse Kaffee haben möchte.

»Ich glaube zwar nicht, daß so früh schon ein Steward auf dem Posten ist, aber ich kann Ihnen etwas besorgen, wenn Sie es wünschen.«

Sie nahm sein Angebot dankbar an.

Er schob ihr einen Sessel hin und legte eine Decke darüber. Margot empfand diese Fürsorge als angenehme Ablenkung. Das Schiff rollte ein wenig, und sie mußte an Mr. Winter denken, der sicher wieder seekrank wurde. Das Meer war eintönig grau, nur die weißen Schaumkronen der Wellen belebten das düstere Bild. Auch der Himmel hatte sich mit grauen Wolken überzogen. Es sah aus, als ob es bald regnen würde.

»Vor Mittag wird es sich noch aufklären«, meinte der Steuermann, der wußte, daß man den Passagieren bei schlechtem Wetter Mut machen mußte. »Da kommen die Heizer vorbei – die gehen an die Arbeit. Gleich ist Schichtwechsel.« Eine Reihe von Männern kam das Deck entlang. »Sie kürzen sich den Weg ab, wenn morgens niemand an Deck ist.«

»Wo arbeiten denn die Heizer?«

»Unten im heißen Maschinenraum. Sie müssen für die Feuerung sorgen. Da unten herrscht eine verdammt hohe Temperatur – in der Hölle kann es nicht viel heißer sein. Neulich ist einer umgekippt. Es dauerte drei Stunden, bis er wieder zum Bewußtsein kam.«

»Schrecklich, wenn man bedenkt, daß wir hier in solchem Luxus leben, ohne uns überhaupt zu überlegen, was diese Leute unsertwegen durchzumachen haben.«

Inzwischen war der erste Heizer bei Margot angekommen. Die Männer sahen sie neugierig an, und auch sie musterte einen nach dem andern. Wenige Sekunden später hätte sie beinahe ihre Tasse fallen lassen – sie brauchte ihre ganze Selbstbeherrschung, um es zu verhindern! Der siebte Mann, der barfuß und ohne Kopfbedeckung mit starrem Blick vorbeiging, war – Jim Bartholomew. Wie die anderen trug er einen dunkelblauen Sweater, und seine Hosen, die kaum bis zu den Knien reichten, waren unten ausgefranst.

Mit schnellen Schritten entfernten sich die Heizer. Margot sah ihnen sprachlos nach. Der Steuermann schien ihre Aufregung nicht bemerkt zu haben.

»Ja, es ist schon so –«, nahm er jetzt die Unterhaltung wieder auf, »die einen arbeiten unten im Maschinenraum, die andern schlafen oben in den Luxuskabinen. Unter den Heizern findet man allerdings zuweilen ebenso feine Herren wie in der ersten Klasse.«

Margot legte ihre Hand leicht auf den Arm des Steuermanns.

»Wollen Sie so liebenswürdig sein, mir noch eine Tasse Kaffee zu besorgen?« bat sie ihn. »Ich habe diesen hier verschüttet.«

Der Steuermann verschwand nochmals die Treppe hinab.

Das also war die Erklärung – Jim Bartholomew fuhr als Heizer. Plötzlich durchschaute sie alles. Der Chefingenieur und der Kapitän des Schiffes waren seine Freunde. Sie hatten dafür gesorgt, daß die Nachrichten vom Mord in der Bank unterdrückt wurden, und alles Risiko auf sich genommen. Jim hatte ihnen früher ja auch das Leben gerettet. Und auf diese Weise war er in die Hölle des Maschinenraums geraten. Sie schauderte, als sie daran dachte, daß ein Heizer bewußtlos umgefallen war. Und gerade jetzt, in diesem Augenblick, war Jim unten und mußte die furchtbaren Hitzequalen ertragen. Aber wenigstens war es am frühen Morgen noch etwas kühler als am Nachmittag.

Auf einmal erinnerte sie sich auch an den geheimnisvollen Nosey. ›Als ich ihn das letztemal sah, war er nackt bis zum Gürtel‹, hatte Jim gesagt. Er schien also auch Heizer zu sein.

Margot stellte eine kurze Berechnung an. Wenn Jim um fünf Uhr morgens im Maschinenraum antrat, mußte er um neun wieder abgelöst werden, und dann hatte er erst am Nachmittag wieder Dienst. Aber der Nachmittag war gerade die heißeste Zeit. Der Zahlmeister hatte gesagt, daß es jetzt im Innern des Schiffes besonders heiß sei, da sie den Golfstrom durchquerten.

Hätte er es ihr doch nicht gesagt! Aber dann bereute sie diesen Wunsch gleich wieder. Wahrscheinlich war Jim aus diesem Grund in der vergangenen Nacht nicht zu ihr nach oben gekommen.

Mit dieser Vermutung hatte sie ziemlich recht. Seine Schicht war im Dienst gewesen, hatte an den großen Maschinen gearbeitet, und zwar in einer Hitze, die jeder Beschreibung spottete.

Wie, wenn Jim all dies im Grunde nur ihretwegen auf sich nahm? Margot wurde diesen Verdacht nicht los.

Als ihr der Steuermann eine neue Tasse Kaffee brachte, lächelte sie, und sie lächelte noch, als sie sich eine Stunde später in ihrer Kabine zur Ruhe legte.

Sie wachte steif und verkrampft auf, denn sie hatte sich nicht entkleidet. Es war drei Uhr nachmittags, und ihr erster Gedanke galt wiederum Jim Bartholomew, der sich auf der Flucht befand und tief unten in der glühenden Hitze arbeitete – und sie empfand ein unklares Gefühl von Stolz, zu wissen, in welcher Gefahr er schwebte.

Etwas später erinnerte sie sich, wie sie am frühen Morgen an Mrs. Dupreids Tür geklopft und in die Kabine geschaut hatte. Nachdem sie sich umgekleidet hatte, ging sie zum C-Deck und klopfte von neuem an die Tür von Ceciles Freundin.

Die Zofe, die Margot schon einmal Auskunft gegeben hatte, öffnete.

»Mrs. Dupreid schläft«, flüsterte sie beschwörend. »Sie hatte eine sehr schlechte Nacht.«

»Das tut mir leid«, antwortete Margot höflich. »Wann ist sie denn zu Bett gegangen?«

Das ging sie eigentlich nichts an, und es war sehr unhöflich, diese Frage zu stellen.

»Ach, es mag kurz vor Mitternacht gewesen sein.«

Verwundert ging Margot zum Promenadendeck.

Auch um Mrs. Dupreid schwebte also irgendein Geheimnis.

20

Stella Markham gegenüber benahm sich Margot etwas höflicher, was ihr um so leichter fiel, als die Dame ihr hochfahrendes Wesen mehr oder weniger abgelegt und bedeutend menschlicher und liebenswürdiger geworden war.

»Ich danke Ihnen für Ihre Nachfrage, aber ich hatte eine schlechte Nacht. Oh, ich hasse dieses Schiff – ja, es gibt Augenblicke, in denen ich nichts sehnlicher wünsche, als daß der ganze große Kasten unterginge!«

»Ich würde Ihnen raten, das einmal mit dem Kapitän zu besprechen«, bemerkte Margot mit todernstem Gesicht. »Vielleicht ist er bereit, die ›Ceramia‹ zu versenken, wenn Sie ihn eindringlich genug darum bitten. Er steht nämlich im Ruf, die Wünsche der Passagiere so weitgehend wie möglich zu berücksichtigen.«

Mrs. Markham sah Miss Cameron schnell von der Seite an, doch ihr Ärger verflog sofort wieder, und sie lächelte.

»Es ist nicht recht von mir, mich so gehenzulassen«, sagte sie. »Es ist aber auch furchtbar heiß.«

Sie fächelte sich.

Es war wirklich heiß. Die See lag glatt wie die Oberfläche eines Spiegels. Das Versprechen des Steuermanns hatte sich tatsächlich erfüllt. Lückenlos blau spannte sich der Himmel über der weiten Meeresfläche, die fast das gleiche Blau aufwies wie der Himmel und nur eine Spur dunkler wirkte.

»Wenn es hier oben schon so heiß ist, dann möchte ich bloß wissen, was für eine Temperatur im Kesselraum herrscht«, äußerte Mrs. Markham. »Ich habe gehört, daß einen Heizer der Schlag getroffen hat. Ich fragte den Schiffsarzt, als er zum Mittagessen herunterkam, aber der hat es natürlich abgestritten. An Bord eines so großen Dampfers erfahren die Passagiere ja nie, was wirklich vorgeht.«

»Ich glaube, mich bringt diese Reise auch noch um«, sagte Margot, erhob sich unsicher und ging bis zur Reling.

Mrs. Markham vermutete, daß sie einfach unruhig war, wie viele andere Passagiere auch. Sie nahm ihre feine Stickerei wieder auf, die sie vorhin weggelegt hatte.

Nach einer Weile kam Miss Cameron zurück. Sie war im Innersten überzeugt, daß Jim nicht der Heizer sein konnte, der gestorben war.

»Wie geht es Ihrem Butler?« fragte sie. »Hat den etwa auch der Schlag getroffen?«

Mrs. Markham stickte ruhig weiter und hielt den Blick auf die Arbeit gesenkt.

»Nein«, sagte sie nach einer kleinen Pause. »Mein Butler stirbt nicht. Es sieht so aus, als ob er ewig leben würde.«

Es lag etwas Merkwürdiges in dem Ton, so daß Margot zu ihrer Nachbarin hinüberschaute.

»Wie meinen Sie das?«

»Mein Butler stirbt nicht«, erklärte Mrs. Markham kurz und schüttelte den Kopf.

Margot sah in beiden Richtungen das Deck entlang.

»Ich habe ihn in den letzten Tagen überhaupt nicht gesehen.«

»Nein, wenn es ihm einigermaßen gutgeht, sitzt er die ganze Zeit im Rauchsalon. Aber – da kommt ein Freund von Ihnen.«

»Er ist nicht mein Freund«, sagte Margot schnell, als Major Pietro Visconti in seiner glänzenden Uniform daherkam.

»Ein merkwürdiger kleiner Herr«, meinte Mrs. Markham, während sie eifrig weiterstickte.

»Ja«, stimmte ihr Margot zu. »Er sieht immer so schmuck und adrett aus, als ob die Uniform eben vom Schneider geliefert worden wäre.«

Mrs. Markham lachte.

Der Italiener hielt vorschriftsmäßig in einer gewissen Entfernung vor den Damen an, salutierte und schüttelte dann Margot die Hand.

»Sie sind heute mittag nicht zum Essen gekommen, das tat mir furchtbar leid. Ich promenierte auf dieser Seite des Dampfers, ich promenierte auf der anderen Seite, aber ich entdeckte Sie nicht. Ich kletterte zum Bootsdeck hinauf und promenierte auch dort entlang. Ich suchte in der großen Gesellschaftshalle und im Palmengarten, aber nein! Ich fand Sie nicht, Sie waren nicht da.«

Margot drückte sich bald und ließ den Major mit der von ihm verehrten Mrs. Markham allein. Sie eilte die Treppe hinunter zu ihrem Freund, dem Zahlmeister.

»Sie müssen ganz besonders nett zu mir sein«, sagte sie, als sie ihn allein in seinem Büro fand.

Auch er wurde von der Hitze sehr geplagt, obwohl zwei bewegliche elektrische Ventilatoren auf seinem Schreibtisch aufgestellt waren.

»Sie können versichert sein, daß ich dem leisesten Wink nachkommen werde, um Ihnen jeden Wunsch zu erfüllen«, erwiderte er galant.

»Ich möchte, daß Sie eines der wichtigsten Gesetze brechen, die an Bord eines Schiffes gelten.«

»Um was für ein Gesetz handelt es sich denn?«

»Daß Sie gewisse Dinge, Schiffsgeheimnisse, niemals verraten dürfen. Sie sagen zum Beispiel nie, wieviel Knoten wir laufen, und Sie sagen auch nicht, wenn der Kapitän mit geringerer Geschwindigkeit als üblich fahren läßt und warum er das angeordnet hat.«

Der Zahlmeister lächelte.

»Das wissen wir manchmal selbst nicht.«

»Nun gut, dann will ich Sie jetzt etwas fragen.« Es kostete sie einige Anstrengung, und sie mußte erst schlucken, bis sie es herausbrachte. »Ist es wahr, daß ein – Heizer heute gestorben ist?«

Er sah sie ernst an.

»Dann scheint die Geschichte doch herausgekommen zu sein? Ja, das stimmt. Was erzählen sich die Passagiere? Woran soll er denn gestorben sein?«

»Man sagt, daß er einen Schlaganfall bekommen hat.«

Sie mußte sich sehr zusammennehmen. Ihre Beine zitterten.

»Das ist nicht wahr. Der arme Kerl kam durch eine kleine Explosion ums Leben. Es tut mir furchtbar leid um ihn, er war schon fünfzehn Jahre hier an Bord des Schiffes.«

Margot atmete erleichtert auf. Es klang fast wie ein Schluchzen.

»Ich danke Ihnen, daß Sie mir das gesagt haben.« Ihre Stimme klang heiser. »Ich mußte unter allen Umständen etwas Genaueres erfahren.«

»Aber, Miss Cameron, man könnte fast denken, daß Sie einen Freund unter den Heizern hätten!«

Er lächelte, als er ihr die Tür hielt.

»Sie sind alle meine Freunde dort unten im Maschinenraum – ich war sehr erschüttert, als ich heute von dem Vorfall hörte. Zum erstenmal beschäftigt mich das Leben dieser Leute – ich muß ständig daran denken. Wie gedankenlos und gleichgültig stehen wir doch allem gegenüber, was uns nicht unmittelbar betrifft.«

Der Zahlmeister schwieg.

21

Der Tag war für Jim Bartholomew nicht ohne Zwischenfall verlaufen. Als seine Schicht abgelöst wurde, ging er durch den engen Verbindungsgang, der vom Maschinenraum zu den unzureichenden Quartieren der Heizer im Vorderdeck führte. Plötzlich klopfte ihm jemand auf die Schulter, und als er sich umsah, bemerkte er das schmutzige Gesicht des Mannes, der den ganzen Morgen neben ihm gearbeitet hatte.

»Ich möchte einmal ein Wort mit Ihnen reden, Wilkinson. Wir wollen zum Bad gehen!«

Jim folgte dem anderen in einen schmalen Raum, der mit einer langen Reihe von Duschen ausgestattet war.

»Was haben Sie gestern auf dem Promenadendeck gemacht?«

Es war Nosey, der dies fragte, und seine Stimme klang beinah befehlend.

»Die gleiche Frage könnte ich auch Ihnen stellen!«

Nosey sah ihn prüfend an, dann sagte er: »Ja, es stimmt schon – Sie sind Bartholomew!«

»Ein ganz sympathischer Name«, meinte Jim. »Aber deshalb brauche ich doch nicht so zu heißen.«

»Wir wollen uns nicht streiten. Setzen Sie sich hin, ich bin hundemüde, aber ich muß die Sache einmal mit Ihnen ins reine bringen.«

Sie ließen sich auf zwei Stühlen nieder.

»Also, ich kann Ihnen nur das eine sagen«, begann Nosey. »Ich bin ein Beamter von Scotland Yard, und obwohl ich nicht direkt hinter Ihnen her bin, habe ich doch genügend Amtsgewalt, um Sie zu verhaften. Und wahrscheinlich wird es auch soweit kommen, wenngleich die Leute in Scotland Yard nicht glauben, daß Sie den Mord begangen oder das Diamantenhalsband gestohlen haben. – Mein Kamerad hier an Bord hat übrigens einen ganz ausführlichen telegrafischen Bericht erhalten. Sie können nichts Besseres tun, Mr. Bartholomew, als mir alles zu sagen, was Sie wissen. Sie haben nicht mehr lange Gelegenheit dazu, denn morgen komme ich nicht mehr in den Maschinenraum hinunter. Ich habe mich vollkommen davon überzeugt, daß sich keiner der Verbrecher, die wir verfolgen, unter der Schiffsbesatzung befindet.«

Jim konnte nichts gewinnen oder erreichen, wenn er schwieg oder Ausflüchte machte. Deshalb erzählte er alles bis in die letzten Einzelheiten. Eine ganze Stunde saßen die beiden zusammen. Gelegentlich stellte der Kriminalbeamte eine Frage, und als sie sich zum Schluß erhoben, klopfte er Jim auf die Schulter.

»Es wird jemand verhaftet, bevor der Dampfer den Hudson River erreicht – möglicherweise sind Sie es.«

»Nun, es würde mir auch leid tun, wenn Sie ohne Ergebnis nach Hause zurückkehren müßten.«

22

Das ewige Einerlei des Schiffslebens fiel Margot Cameron auf die Nerven. Ungeduldig wartete sie auf die Stunde, in der sie Jim treffen konnte.

Wie immer ging sie zum dunkelsten Teil des Promenadendecks und lehnte sich an die Reling. Gleich darauf kam Jim, wie gewöhnlich im Abendanzug.

»Wie geht es dir?« fragte sie atemlos und lehnte sich an ihn. »Wie geht es mit deiner Arbeit? Ich meine, mit der Aufklärung all der Geheimnisse?«

»Meiner Meinung nach gut.« Er sah sich um. »Dieser verdammte Obersteward wird mich hier sehen. Er ist der letzte, den ich treffen möchte, denn er kennt mich unglücklicherweise. Komm dort die Treppe hinauf, wir wollen aufs Bootsdeck gehen.«

Sie legte ihren Arm in den seinen.

Der Weg nach oben führte über eine enge, steile Treppe. Jim ging voraus. Oben schlenderten einige Paare an ihnen vorüber.

Zwischen zwei Booten befand sich eine schmale Plattform, von der aus das Herablassen dirigiert werden konnte. Dort traten sie an das äußere Geländer.

»Erzähle mir alles, was sich ereignet hat«, bat sie, und er berichtete ihr wahrheitsgetreu alles bis zur Entdeckung der Leiche Sandersons.

»Eins kann ich nicht verstehen. Warum mag wohl Cecile an der kleinen Bahnstation ausgestiegen und in ihrem Auto weitergefahren sein? Warum hast du das Frank nicht erzählt?«

»Ich war eigentlich davon überzeugt, daß er es wußte«, versicherte Jim. »Es kam mir ja selbst so sonderbar vor. Hat sie denn schon vor ihrem plötzlichen Entschluß etwas davon gesagt, daß sie nach Schottland fahren möchte?«

»Nein, das kam alles bei der Unterredung heraus, die sie mit Frank in seinem Arbeitszimmer hatte. Es muß sich um sehr ernste Dinge gehandelt haben, denn Frank sah angegriffen und müde aus, als er herauskam, und die arme Cecile war bleich und verstört. Aber – du hast mir noch nicht alles erzählt?«

»Nein«, gab er zu, doch dauerte es einige Zeit, bis er wieder zu sprechen begann. »Es handelt sich um zwei verschiedene Dinge. Die eine Sache will ich dir erzählen, die andere halte ich für später zurück. Über das, was sich ereignete, nachdem der Polizeiinspektor mich mit dem Toten zurückließ, will ich vorläufig nicht sprechen. Aber etwas anderes will ich dir mitteilen, und vielleicht kannst du mir bei der Lösung des Geheimnisses helfen. – Als ich mich über Sanderson beugte, sah ich, daß er ein Stück Papier in der Hand hielt. Ich öffnete seine Hand gewaltsam und entdeckte die Ecke einer Fotografie. Jemand muß den übrigen Teil abgerissen haben.«

»Was für eine Fotografie war es denn?« fragte sie schnell.

»Das kann ich nicht sagen. Es war nur eine Ecke, auf der eine Frauenhand zu sehen war.«

»Kannst du sie nicht genauer beschreiben?«

»Es war eine Frauenhand, an der sich ein Ring befand.«

»Doch nicht etwa die ›Töchter der Nacht‹?«

Margot faßte seinen Arm.

»Ja, dieser Ring war es.«

»Cecile! Das ist ihr Ring – und doch ...«

»Ich konnte mich nicht irren«, fuhr Jim fort. »Als ich an Bord des Schiffes kam, lieh ich mir vom Chefingenieur ein Vergrößerungsglas, und so erkannte ich alle Einzelheiten.«

Sie schwieg, während sie sich über die Reling lehnten und beobachteten, wie die großen Schaumblasen auf dem Wasser vorübertanzten.

»Willst du mir nicht auch erzählen, was du sonst noch erlebt hast?«

»Nur noch das – ich kam in Southampton bei Tagesanbruch an und ging an Bord. Ich kenne den Chefingenieur Smythe und besprach mich sofort mit ihm. Offen erzählte ich ihm, was ich erlebt hatte. Außerdem teilte ich ihm meine Vermutungen mit, die ich dir noch nicht sagen kann. Er holte Stornoway in seine Kabine, und wir besprachen dann die ganze Angelegenheit beim Mittagessen. Das sind wirklich wunderbare Charaktere. Sie nahmen das Risiko auf sich. Ich schlafe in der Kabine des Chefingenieurs, die sich übrigens auf diesem Deck befindet. Der Steward ist eingeweiht, aber auch ihn kannte ich von früher her.«

»Was soll nun aber in New York werden?«

»Das weiß ich nicht. Es sind Kriminalbeamte an Bord des Schiffes, aber ich glaube nicht, daß sie hinter mir her sind.«

»Warum sind sie dann aufs Schiff gekommen?«

»Sie wollen die Bande der ›Vier Großen‹ festnehmen. Habe ich dir damals nicht von Sandersons Theorie erzählt? Er war wirklich ein armer Teufel – die letzten Worte, die er mit mir wechselte, handelten von den hohen Summen, die auf die Verhaftung der Bande ausgesetzt sind.«

»Ich weiß nicht, was ich davon halten soll«, sagte Margot nach einer Weile. »Daß der Ring auf der Fotografie zu sehen ist, ist jedenfalls merkwürdig. Frank hat oft gesagt, daß es nur diesen einen Ring gibt – aber, wie kommt es, daß der gleiche Ring auf der Fotografie ist, wenn . . . Sag, glaubst du denn, daß Cecile dieses entsetzliche Verbrechen begangen hat?«

»Du meinst, ob sie Sanderson erschossen hat? Um Himmels willen – nein!«

»Glaubst du, daß sie Sanderson gekannt hat? Ich erinnere mich jetzt. Sie war sehr aufgeregt, als sie ihn in der Tür der Bank stehen sah.«

Jim antwortete einige Zeit nicht.

»An deiner Stelle würde ich die Möglichkeit nicht in Betracht ziehen, daß deine Schwägerin die Täterin sein könnte. Ich bin vollkommen davon überzeugt, daß sie nicht mehr mit dem Mord zu tun hat als du und ich.«

Plötzlich hörten sie hinter sich im Dunkeln einen Schrei, einen erschreckten Ruf, dann ein Geräusch, als ob etwas Schweres niederfiele. Beim ersten Laut sprang Jim auf und verschwand in der Dunkelheit.

Margot, die ihm nacheilte, wäre beinahe über ihn gefallen. Sie sah jetzt, daß er sich über eine dunkle Gestalt beugte, die am Boden lag. Rasch steckte er ein Streichholz an.

»Wer ist dieser Mann?« fragte er.

Sie sah ihm über die Schulter und schauderte zusammen, als sie Blut aus einer Kopfwunde sickern sah.

»Das ist ja der Pfarrer – Mr. Price!«

Niemand sonst schien den Schrei gehört zu haben, denn sie blieben allein an Deck.

Jim hob den Verwundeten halb auf und lehnte ihn mit dem Rücken gegen einen Windfang. Der Mann stöhnte.

»Wie geht es Ihnen? Können Sie stehen?« fragte Jim.

Zuerst glaubte er, daß Price noch bewußtlos wäre, denn er erhielt nicht sofort Antwort.

»Ich will es versuchen –«, hörte er ihn dann sagen und bückte sich hinunter.

Mühsam erhob sich der Pfarrer, von Jim gestützt.

»Schrecklich!« sagte er leise. »Schrecklich!«

»Geht es Ihnen besser, Mr. Price?« fragte Margot besorgt.

»Ja, ich fühle mich schon wohler. Wer sind Sie?«

»Ich bin Miss Cameron.«

»Ach, es ist ganz merkwürdig, ich bin hier über diese Bolzen gefallen. Es ist so dunkel da oben an Deck ...«

»Wer hat Sie überfallen?« fragte Jim.

»Wieso?«

»Wer hat Sie verwundet? Sie werden mir doch nicht erzählen wollen, daß Sie hier über einen Bolzen gefallen sind! Ich habe deutlich gehört, wie Sie mit jemandem kämpften.« Wieder steckte er ein Streichholz an. »Jemand hat versucht, Sie zu erwürgen. Ich sehe noch deutlich die Male an Ihrem Hals!«

»Ich fürchte, Sie haben geträumt«, erwiderte Price. »Aber ich danke Ihnen vielmals für Ihre liebenswürdige Hilfe.«

Schwankend ging er zur Treppe und stieg nach unten. Auf seinem Weg hielt er sich an den Booten fest.

Jim war sehr erregt.

»Ein einzigartiger Zufall –«, meinte er.

»Das verstehe ich nicht. Wieso?«

»Wirklich, wir können zufrieden sein, jedenfalls ich – eins kommt zum andern, und die Geschichte entwickelt sich wie von selbst. Jetzt wollen wir einmal sehen, von wo der Schrei gekommen ist.« Langsam ging Jim den engen Weg entlang, dann blieb er stehen. »Es muß ungefähr hier gewesen sein.« Er zeigte auf die gegenüberliegende Radiokabine. »Schauen wir doch schnell dort hinein und fragen den Telegrafisten, ob er etwas gehört hat.«

Sie stiegen die kurze Treppe hinauf zum öffentlichen Schalter, wo die Passagiere ihre Telegramme aufgaben. Der Telegrafist saß in Hemdsärmeln hinter dem Schalter.

»Hat Mr. Price das Wechselgeld auch eingesteckt?« fragte Jim liebenswürdig.

»Ja, ich gab ihm einen Dollar fünfzig. Ich sah deutlich, wie er es einsteckte.«

»Er gab Ihnen doch einen Zehndollarschein?« fragte Jim aufs Geratewohl.

»Ja, das Telegramm kostete acht Dollar fünfzig«, bestätigte der Telegrafist geduldig.

Jim dankte ihm.

»Was hat das alles zu bedeuten?« fragte Margot verwundert, als sie wieder auf dem Deck standen.

»Ich wollte wissen, wie lang ungefähr das Telegramm war. Und vor allem natürlich, ob er überhaupt eines aufgegeben hat.

Er bezahlte acht Dollar fünfzig, infolgedessen muß es ungefähr vierzig Wörter enthalten haben. Das ist schon ein recht langes Telegramm. Sie müssen ihn überfallen haben, als er die Treppe herunterkam. Ich kann nur sagen, Mr. Price hatte Glück, daß sie ihn nicht gleich über Bord warfen!«

»Jim, ich möchte dich noch etwas fragen. Wenn alles so geht, wie wir es wünschen, und du deinen guten Namen wiederhergestellt hast, wie lange wird es dauern, bis du ...«

Es fiel ihr zu schwer, den Satz zu beenden.

»Ich werde dich heiraten, so schnell wie möglich, selbst wenn ich mir das Geld von dir borgen muß, um die Lizenz und den Pfarrer zu bezahlen.«

23

Es blieben noch zwei Tage, vielleicht auch noch ein weiterer halber Tag, und in dieser Zeit wollte Jim sein Ziel erreichen. Margot zweifelte nicht, daß es ihm gelingen würde, aber sie schwebte doch in beständiger Furcht und Aufregung.

Am nächsten Morgen begab sie sich sofort nach dem Frühstück an Deck, und der erste, den sie sah, war Mr. Price, der ruhig in seinem Deckstuhl saß und in einem Buch las. Er legte die Hand an seinen Verband, um zu grüßen.

»Es tut mir leid, daß ich Sie gestern abend so erschreckt habe! Es war wirklich unvorsichtig von mir, mich da oben auf dem dunklen Bootsdeck herumzutreiben.«

»Sie meinen, wenn Sie besser aufgepaßt hätten, würden Sie sich nicht verletzt haben?«

Er lachte, verzog aber sogleich das Gesicht, denn die Erschütterung verursachte ihm Schmerzen.

»Ihr Freund scheint Sie davon überzeugt zu haben, daß mich jemand angegriffen hat? Aber glauben Sie mir, meine liebe Miss Cameron, das stimmt nicht. Die Schreie, die Sie hörten, stammten wahrscheinlich von jungen Leuten, die sich auf der anderen Seite des Decks vergnügten und Unfug trieben. Ich habe sie selbst schon am Abend Schreie ausstoßen hören und war anfänglich auch sehr erschrocken darüber.«

»Sie wurden also doch angegriffen! Mr. –, ich meine, mein Freund hat ja gar nicht davon gesprochen, daß er Schreie gehört habe«, entgegnete sie hartnäckig. »Sie wurden niedergeschlagen, nachdem Sie ein langes Radiotelegramm nach New York gesandt hatten.«

Er ließ das Buch, das er in Händen hielt, plötzlich fallen und sah sie mit halbgeschlossenen Augenlidern an.

»Sie sind doch nicht Miss Withers?« fragte er leise und bestürzt.

Sie schüttelte den Kopf.

»Wer ist denn überhaupt Miss Withers?« fragte sie. »Ach, jetzt weiß ich es. Das ist diese Detektivin. Mr. . . .« Sie biß sich auf die Zunge, sonst hätte sie tatsächlich Bartholomews Namen genannt. »Mr. Wilkinson hat mir von ihr erzählt.«

»Ja, Agnes Withers heißt diese Frau – ich erinnere mich undeutlich«, antwortete er, wieder völlig gefaßt. »Sie muß in irgendeinem großen Prozeß eine Rolle gespielt haben. Wahrscheinlich hat sie als Detektivin ein Verbrechen aufgeklärt. Nein, ich meinte jedoch eine ganz andere Miss Withers, eine alte Freundin von mir – eine Tante . . .«

Major Pietro Visconti kam in diesem Augenblick vorbei und nahm Margot zu einem kurzen Spaziergang mit.

»Ich kann den Pfaffen nicht leiden, ich habe ihn noch nie gemocht.« Er zwirbelte energisch seinen kleinen Schnurrbart. »Es sind Wölfe in Schafskleidern, und sie sind sehr verderblich für die Jugend!«

Später traf sie Visconti noch einmal, als sie in ihrem Stuhl auf dem Promenadendeck saß. Er setzte sich neben sie in Mrs. Markhams Sessel und sprach von Italien und Mailand, wo er zu Hause war. Dann erzählte er von seiner Karriere, die er während des Weltkrieges in der Armee gemacht hatte, und wußte so viele Einzelheiten über Washington zu berichten, daß sie ihn fragte, ob er schon dort gewesen sei.

Er nickte.

»Mehrmals, aber in untergeordneter Stellung. Jetzt bin ich Attaché der größten kriegerischen Nation der Erde.«

Sie lächelte, aber er erinnerte sie daran, daß die Römer die anderen Völker in der Kriegskunst unterrichtet hätten.

Dann erhob er sich, denn Stella Markham näherte sich. Sie sah noch immer etwas angegriffen aus, obgleich schon zwei Tage seit ihrem Schwächeanfall vergangen waren. Sie machte den Eindruck, als ob sie kaum geschlafen hätte, und sie bestätigte dies auch gleich zu Beginn der Unterhaltung.

»Ich habe heute morgen den Tagesanbruch und den Sonnenaufgang miterlebt.«

»Mir ist das auch an zwei Morgen passiert«, warf Margot lächelnd ein. »Leiden Sie an Schlaflosigkeit?«

»Nein, sonst nicht. Erst seit ich Tor Towers verlassen habe, kann ich nicht mehr richtig schlafen.« Mrs. Markham schaute auf. »Warum bin ich nur von dort abgereist?«

»Aber Sie kehren doch zurück?«

»Es bleibt mir nicht viel anderes übrig. Ich muß es vor allem tun, um die Versicherungssumme für meine gestohlenen Juwelen herauszubekommen. Ich habe ein Telegramm an eine Rechtsanwaltsfirma nach London gesandt, die meine Interessen wahrnehmen soll. Ich glaube, es wird mir auch gelingen, meine Ansprüche durchzusetzen. – Nun, was gibt's?«

Die letzten Worte hatte sie an Mr. Winter gerichtet, der nicht mehr so vergnügt und wohlwollend aussah wie früher. Immerhin stand er in bescheidener Haltung vor Mrs. Markham.

»Es ist eben ein Telegramm für Sie angekommen – es liegt in Ihrer Kabine, Madame.«

»Schon gut, Winter –«, sagte sie und entließ ihn mit einem Kopfnicken. »Auch er erholt sich allmählich wieder«, bemerkte sie, als er gegangen war. »Ich möchte nur wissen, was Mr. Price zugestoßen ist.« Sie stand auf und sah die Reihe der Deckstühle entlang. Von weitem entdeckte sie den weißen Verband des Pfarrers. »Wissen Sie es, Miss Cameron?«

»Ja. Soviel ich weiß, hatte er gestern abend einen Unfall oben auf dem Bootsdeck.«

»Einen Unfall? Davon habe ich noch gar nichts erfahren. – Entschuldigen Sie, Miss Cameron.«

Sie ging nach vorn zu Mr. Price und setzte sich neben ihn auf einen freien Deckstuhl.

Margot fühlte sich unruhig und nervös, legte ihr Buch hin und ging auf und ab. Unterwegs schloß sich ihr der kleine Deutschamerikaner an, der mit ihr zusammen am Tisch des Zahlmeisters saß.

Er befand sich auf der Rückreise nach Amerika, um sich dort zu verheiraten. Zuerst war er etwas scheu, doch als sie ihn ausfragte, antwortete er bereitwillig.

Sie hatte schon zum zweitenmal die Runde auf dem großen Deck gemacht und näherte sich wieder der Stelle, wo sich Mrs.

Markham immer noch mit dem Pfarrer unterhielt. Im gleichen Augenblick sah sie, daß Mr. Winter aus dem Innern des Schiffs ins Freie trat. Er blieb in einiger Entfernung stehen und wartete, bis Mrs. Markham zu ihm hinsah. Daraufhin stand sie auf und ging nach unten. Mr. Winter folgte ihr.

24

Es war bereits spät am Nachmittag, als Margot Mrs. Markham wiedersah. Diesmal trafen sie sich in der Gesellschaftshalle, wo Margot Tee trank und der Bordkapelle lauschte. Sie dachte an Jim, der unten im heißen Maschinenraum arbeitete. Jede Umdrehung der Schiffsschraube, die den schwimmenden Koloß erzittern ließ, erinnerte sie daran, wie sehr Jims Zukunft noch an einem Faden hing.

Mrs. Markham rauschte herein. Sie trug ein wunderbares Kleid, und die neidischen Blicke vieler Frauen folgten ihr.

Vom Steward ließ sie sich einen Armsessel an Margots Tisch rücken. »Wo wohnen Sie in New York?«

Margot gab ihr die Adresse an.

»Wie interessant – das ist auch mein Hotel! Ich freue mich, Sie dort wiederzusehen. Ich fahre allerdings sofort weiter nach Richmond, aber in einer Woche oder spätestens in zehn Tagen komme ich nach New York zurück.«

Margot kam zum Bewußtsein, wie sehr sich Stella Markhams Benehmen geändert hatte. Zuerst hatte sie sie etwas von oben herab behandelt, dann hatte sie sie bemuttert, und jetzt sah es so aus, als ob sich ein mehr freundschaftliches Verhältnis anbahnte.

Sie sprach von Devonshire und versuchte, Margot dazu zu bringen, etwas von ihrem Leben in Moor House zu erzählen. Sie drückte ihr Bedauern darüber aus, daß sie sie während ihres Aufenthaltes in England nie getroffen hatte.

»Werden Sie in New York abgeholt?« fragte sie schließlich.

»Ja. Der Rechtsanwalt meines Bruders erwartet mich.«

»Wer ist sein Rechtsanwalt?« fragte Mrs. Markham interessiert. »Ich wende mich stets an Peak and Jackson.«

»John B. Rogers ist Franks Freund. Er ist außerdem Oberstaatsanwalt des Staates.«

»Ich kenne ihn«, nickte Stella. »Wenigstens dem Namen nach. Jedermann in New York kennt ihn natürlich.«

»Ja, ich glaube, er ist sehr populär.«

»Ich fahre sofort nach Richmond weiter –«, wiederholte Mrs. Markham überlegend. »Die Sache ist nämlich die – ich habe mir aus Paris eine Schachtel Konfekt besorgen lassen, die ich gleich nach meiner Ankunft einer Freundin übergeben wollte. Ich schrieb ihr, sie möchte mich sogleich im Hotel aufsuchen. Aber, da ich nun gar nicht dort sein werde ... Würden Sie vielleicht so liebenswürdig sein, das Päckchen an sich zu nehmen? Sie können ja dem Concierge sagen, daß die Dame zu Ihnen geschickt werden soll, wenn sie nach mir fragt. Und dann könnten Sie ihr das Präsent übergeben.«

»Gut. Ich werde Ihnen gern den Gefallen tun.«

Es war einer dieser kleinen Aufträge, die Margot am wenigsten schätzte, aber sie hielt es unter den gegebenen Umständen für rücksichtslos und unfreundlich, ihn abzulehnen.

»Ich werde Ihnen das Konfekt übergeben, bevor wir das Schiff verlassen. Vielleicht kommen Sie einmal zu mir in meine Kabine? Ich habe einige entzückende Kleider, die ich Ihnen gern zeigen möchte. Wie wäre es heute nachmittag? Am besten jetzt gleich?«

Margot war neugierig, Mrs. Markhams Kabine kennenzulernen, und begleitete sie ohne zu zögern. Die Räume lagen am Ende des A-Decks in der Nähe des Bugs und waren sehr schön, aber lange nicht so luxuriös eingerichtet wie Margots eigene. Die Kleider, die Stella Markham ihr zeigte, fand sie außerordentlich geschmackvoll und elegant, und schon deswegen hatte sich der Besuch gelohnt.

Margot hatte sich schon verabschiedet, als Mrs. Markham sie zurückrief.

»Es wäre vielleicht ganz gut, wenn Sie das kleine Paket gleich mitnähmen.«

Sie zog einen Stahlkoffer unter dem Bett hervor. Als sie den Schlüssel ins Schloß steckte, gab es einige Schwierigkeiten, und Mrs. Markham untersuchte daraufhin das Schlüsselloch.

»Jemand hat versucht, ihn zu öffnen«, sagte sie, und wieder sah Margot den müden, traurigen Zug in ihrem Gesicht.

Nach einiger Zeit gelang es ihr, den Schlüssel herumzudrehen, und sie nahm das Paket aus dem Koffer. Als sie das Einwickelpapier abstreifte, kam eine wunderbare, ovale Schachtel zum Vorschein, die mit kostbarer schwerer Chinaseide überzogen war. Den Deckel schmückte ein handgemaltes Bild. Die ganze Packung machte einen äußerst geschmackvollen, farbenprächtigen Eindruck.

Margot nahm das Konfekt mit in ihre Kabine und schloß es in einen Koffer ein. Sie wußte nicht recht, was sie von Stella Markham halten sollte. Zuerst hatte sie geglaubt, diese Frau vollkommen zu durchschauen, aber jeden Tag änderte sich das Bild, und Margot fühlte, daß ihre Menschenkenntnis doch nicht so zuverlässig war, wie sie bisher angenommen hatte.

Als sie mit dem Aufzug an Deck zurückkehrte, wartete Stella Markham oben auf sie.

»Ich muß Ihnen noch etwas sagen. Es liegt nämlich ein Zoll auf Süßigkeiten, und ich dachte, daß Sie leicht durch die Zollschranken kommen, wenn Staatsanwalt Rogers Sie abholt. Er ist so bekannt, daß niemand Sie anhalten wird, wenn Sie in seiner Begleitung sind.«

Margot lachte.

»Daran habe ich auch schon gedacht.«

25

Wie an allen anderen Tagen wartete Margot, die Stunden und Minuten zählend, bis der Abend kam. Für sie begann das Leben erst, wenn sie Jim auf dem Bootsdeck traf, und das Leben schien allen Glanz wieder zu verlieren, sobald sie sich von ihm trennte. Was dazwischen lag, war eine traurige Wartezeit, die sie sich so gut wie möglich vertreiben mußte.

Als sie am Nachmittag in ihre Kabine kam, merkte sie, daß dort jemand geraucht haben mußte, und klingelte nach der Stewardess.

»Wer hat hier gequalmt?« fragte sie.

»Ich wüßte nicht, wer«, antwortete das Mädchen überrascht.

Margot ging umher, aber der Geruch war nicht zu verkennen.

»Ich würde mich ja noch nicht einmal so aufregen, wenn der Betreffende wenigstens eine anständige Zigarette geraucht hätte – aber das hier ist ein ganz entsetzliches Zeug!«

Sie hatte den bestimmten Eindruck, diesen Tabakgeruch von irgendwoher zu kennen. Noch einmal sah sie sich im Zimmer um, und bald fand sie auch, was sie suchte. Es war ein kleines Häufchen grauer Zigarrenasche, das der Raucher abgestreift hatte.

Sie betrachtete es interessiert. Bald darauf fuhr sie zum Promenadendeck hinauf.

Oben saß Major Pietro Visconti in seinem Stuhl. Er war allein, und sie trat zu ihm.

»Major Visconti, was haben Sie heute nachmittag in meinen Räumen gemacht?«

Er sprang auf, als sie ihn anredete.

»Was sollte ich in Ihren Räumen zu suchen haben?« fragte er überrascht. »Ich bin nicht dort gewesen!«

Sie zeigte ihm die Zigarrenasche, die sie in einem Briefumschlag untergebracht hatte.

Er lachte.

»Ach, Sie sind ein kleiner Sherlock Holmes, entdecken Zigarrenasche und ziehen Ihre Schlüsse daraus? Nun, von mir stammt sie nicht. Ich rauche eine besondere Sorte.«

»Ja, die kenne ich genau«, erklärte sie mit Nachdruck.

»Es ist eine italienische Marke, aber es gibt verschiedene Leute an Bord, die sie rauchen. Ich könnte Ihnen ein paar nennen. Überhaupt, warum sollte ausgerechnet ich in Ihre Kabine eindringen, Miss Cameron? Ich weiß nicht einmal, wo sie liegt.«

Nachdem er die Sache so entschieden abstritt, blieb ihr nichts anderes übrig, als seine Versicherungen anzunehmen und sich zu entschuldigen. Vielleicht war er zufällig in die Kabine geraten, und da er geraucht hatte, war er ja wahrscheinlich unabsichtlich hineingegangen. Sonst hätte er sich doch nicht auf diese unbesonnene Art und Weise selbst verraten wollen.

Als sie später allein war, dachte sie noch lange darüber nach, und es fiel ihr ein, daß sie ihn noch nie ohne Zigarre gesehen hatte.

Aber wenn Visconti trotz allem in ihre Räume eingedrungen war – was hatte er bei ihr gesucht? Dieses Problem wollte sie später mit Jim besprechen.

Nach Tisch kam ihr in den Sinn, daß sie doch wenigstens den Namen der Dame wissen sollte, die nach der Konfektschachtel fragen würde, und darum ging sie nochmals zu Mrs. Markhams Kabine.

Allem Anschein nach hielt sie sich auch darin auf, denn Margot sah am vergitterten Oberlichtfenster der Tür, daß drinnen Licht brannte. Auch konnte sie Stimmen hören. Sie klopfte und drückte gleichzeitig die Klinke nieder. Soeben hatte sie Stella Markham noch beim Abendessen gesehen – so rasch konnte sie sich also nicht ausgezogen haben. Zu ihrer Überraschung fand Margot die Tür aber verschlossen.

»Wer ist da?« fragte Mrs. Markham, aber ihre Stimme klang so merkwürdig und fremd, daß sie kaum zu erkennen war.

»Ich bin es, Margot Cameron. Ich möchte Sie etwas fragen.«

»Einen Augenblick.«

Das Licht wurde ausgedreht, und die Tür öffnete sich einen kleinen Spalt weit. Selbst bei dieser schlechten Beleuchtung konnte Margot sehen, daß Stella rotgeweinte Augen hatte.

»Was wünschen Sie?«

»Ich möchte den Namen der Dame wissen, die nach dem Konfekt fragen wird.«

»Ich sage es Ihnen später. Wollen Sie mich jetzt entschuldigen?«

Mrs. Markham machte die Tür wieder zu, und Margot hörte aufs neue die leisen Stimmen im Innern. Die andere Person war allem Anschein nach auch eine Frau. Die Stewardeß konnte es unmöglich sein, denn Margot traf sie kurz darauf auf der Treppe. Wer also mochte die Besucherin sein? Im allgemeinen war Margot nicht neugierig, aber jetzt hielt sie es für ihre Pflicht, alle möglichen Informationen zu sammeln, um Bartholomew zu helfen.

Sie ging nicht aufs Promenadendeck, sondern trat in den großen Gesellschaftssaal. Von ihrem Platz nahe bei der Tür aus konnte sie die Kabinentür von Mrs. Markham im Auge behalten. Sie wartete eine halbe Stunde, dann wurde ihre Geduld belohnt – die Besucherin kam heraus.

Die Dame begab sich weder auf Deck, noch steuerte sie dem Gesellschaftssaal zu. Sie bog vorher in einen Seitengang ein, von wo, wie Margot wußte, eine kleine Treppe zum unteren Deck führte. Sofort faßte sie ihren Entschluß. So schnell sie konnte, eilte sie zum C-Deck hinunter. Sie vermutete zwar nur, wer die Besucherin sein könnte, aber als sie unten ankam, konnte sie gerade noch sehen, wie die Dame in der Kabine von Mrs. Dupreid verschwand.

Es mußte also Ceciles Freundin sein. Margots Gedanken wirbelten durcheinander, bis sie es aufgab, weiter darüber nachzudenken. Doch wollte sie alles Jim mitteilen, der vielleicht die Zusammenhänge durchschauen würde. Sie verließ sich auf ihn und glaubte, daß er bereits verschiedenes aufgeklärt haben mußte.

Dieser ganze Kreis von Leuten ihrer Umgebung stürzte sie mehr und mehr in Verwirrung. Warum besuchte Mrs. Dupreid

Stella Markham, und warum hatte diese geweint? Es war alles so rätselhaft.

Schließlich suchte sie die Bibliothek auf und nahm ein Buch von Walter Scott aus dem Regal. Diese weitentlegenen Geschichten aus dem frühen Mittelalter beruhigten sie.

Um elf Uhr wurde das Licht in der Bibliothek teilweise ausgeschaltet, um die Passagiere zum Verlassen des Raumes aufzufordern. Margot wartete noch eine halbe Stunde. Aber vielleicht hatte Jim früher Zeit, so daß sie ihn schon jetzt auf dem Promenadendeck treffen konnte. Sie machte sich Vorwürfe, daß sie noch nie mit ihm über diese Möglichkeit gesprochen hatte. So holte sie ihren Mantel aus der Kabine und ging nach oben.

26

An diesem Abend lag das Deck vollkommen verlassen da, weil unten im Saal getanzt wurde. Alle jungen Leute waren natürlich nach unten gegangen. Langsam stieg sie die Treppe zum Bootsdeck hinauf.

Aber oben fühlte sie sich zu einsam, um dort eine halbe Stunde lang auf Jim zu warten. Als sie gerade wieder aufs Promenadendeck hinuntersteigen wollte, glaubte sie ihn jedoch zu sehen.

Sie blieb stehen. Die Nacht war sehr dunkel, aber sie erkannte deutlich die Umrißlinien seiner Gestalt. Er stand an der Reling nahe bei einem Boot, und Margot wäre beinahe in Ohnmacht gefallen, denn in seinen Armen lag eine Frau.

Wie versteinert starrte Margot auf das Bild, und doch täuschte sie sich nicht. Es war Jim Bartholomew. Die Umrißlinien seines Kopfes und seiner Schultern kannte sie zu genau.

Es war Jim, und er flüsterte seiner Begleiterin zärtliche Worte zu. Margot stand nahe genug, um den Tonfall seiner Stimme zu hören. Sanft und eindringlich sprach er auf die Frau ein, die leise schluchzte. Margot faßte sich mit den Händen an den Kopf. War sie wahnsinnig oder träumte sie? Gab es denn überall auf dem Schiff nur weinende Frauen? Sie holte tief Atem. Sollte das etwa auch Mrs. Markham sein?

Sie mußte irgendein Geräusch gemacht haben, denn plötzlich fuhren die beiden auseinander, und die Frau verschwand in der Dunkelheit.

»Jim!« stieß Margot heiser hervor.

»Ja, Liebling? Ich habe dich noch nicht erwartet.«

»Das kann ich mir denken!« sagte sie mit unheimlicher Ruhe. »Wer war diese Frau?«

Er schwieg.

»Wer war die Frau?«

»Das kann ich dir nicht sagen, Liebling.«

»Nenne mich nicht ›Liebling‹!« rief sie in aufwallendem Zorn. »Jim, wer war die Frau? Willst du es mir jetzt sagen?«

»Das kann ich nicht«, erwiderte er traurig.

»Dann werde ich es selbst herausbringen!«

Sie drehte sich rasch um und eilte davon. Außer Atem kam sie am Eingang zum Gesellschaftssaal an. Sie war fest entschlossen, diese Sache aufzuklären.

Die erste Dame, die ihr begegnete, war Mrs. Markham, die sich mit dem Major Visconti unterhielt. Sie bewegte einen großen Straußenfächer und beobachtete die tanzenden Paare durch die geöffnete Tür.

Margot eilte den Gang entlang weiter.

Da war sie!

Sie hatte gerade noch gesehen, wie Mrs. Dupreid in ihrer Kabine verschwand. Gleich darauf klopfte Margot an die Tür.

»Wer ist da?« fragte eine dumpfe Stimme.

»Margot Cameron.«

»Es tut mir leid, ich kann Sie heute abend nicht empfangen. Ich fühle mich nicht wohl.«

»Ich werde Sie aber trotzdem sprechen, Mrs. Dupreid! Ich bin Margot Cameron, und Cecile ist meine Schwägerin.«

»Ich sage Ihnen, Sie können jetzt nicht hereinkommen!« erklärte die andere von neuem.

Margot stieß die Tür auf, trat ein und schlug sie heftig hinter sich zu.

Dann aber blieb sie wie angewurzelt stehen.

»Cecile –? Wie kommst du ...«

Es war Cecile Cameron, die ihr mit tränenüberströmtem Gesicht, aber dennoch trotzig entgegentrat.

»Willst du mir vielleicht sagen, was all diese Geheimnistuerei zu bedeuten hat?« begann Margot und setzte sich auf das Sofa. »Ich weiß, daß ich sehr heftig bin, aber alles hat seine Grenzen. Willst du mir jetzt dein Verhalten erklären?«

»Das kann ich nicht. Ich möchte dir nur das eine sagen – Frank weiß, warum ich diese Reise unternommen habe.«

»Das ist wenigstens etwas. Aber wie bist du hierhergekommen?«

»Ich entschloß mich, doch noch mit dem Dampfer zu fahren. Meine Freundin, Mrs. Dupreid, hielt sich in North Devon auf, ganz in unserer Nähe. Wir wollten sie ja, wie du weißt, auf unserem Weg zum Dampfer abholen.«

Margot nickte.

»Ich hatte eine Unterredung mit Frank und erzählte ihm gewisse Dinge. Er sah dann ein, daß es das beste wäre, wenn ich mit der ›Ceramia‹ führe. Aus bestimmten Gründen aber konnte ich nicht unter meinem eigenen Namen reisen, und außerdem wollte ich vor allem allein und ungestört sein, um volle Handlungsfreiheit zu haben. Ich besuchte deshalb Mrs. Dupreid, und sie war so liebenswürdig, auf meinen Plan einzugehen. Ich reiste also auf ihren Namen und Paß und bezog ihre Kabine. Sie will mit einem späteren Dampfer nachkommen, wenn ich ihr den Paß zurückgeschickt habe.«

»Das kann ich ja alles verstehen, nur – warum bist du überhaupt hier? Und warum hast du Mrs. Markham in ihrer Kabine besucht?«

Cecile schüttelte den Kopf.

»Du mußt mir trauen!«

»Ich will dir ja auch trauen!« rief Margot verzweifelt. »Ich habe Jim vertraut, ich möchte dir trauen, aber – heute abend sah ich dich in seinen Armen, Cecile!«

»Ich war so verzweifelt, daß ich mich bei irgend jemandem ausweinen mußte. Ich war sehr erstaunt, ihn auf dem Dampfer zu treffen. Ab und zu gehe ich auf dem Bootsdeck spazieren. Ich mußte immer auf der Hut sein und den anderen Passagieren ausweichen. Auch dir mußte ich aus dem Weg gehen. Gestern abend nun traf ich ihn zufällig, und wir haben uns unterhalten ...«

Cecile zögerte.

»Daran zweifle ich nicht«, sagte Margot trocken und ironisch. »Ich muß schon sagen, es ist eine ganz andere Art der Unterhaltung, sich von einem anderen Mann als dem eigenen umarmen zu lassen ...« Aber dann wurde sie milder gestimmt. »Nun, ich habe ja nichts dagegen, wenn Jim sagt, daß er selbst in einer schwierigen Lage ist?«

»Ja. Er tut mir furchtbar leid.«

»Du hast ihn wohl auch getröstet?«
Cecile antwortete nicht.

»Und er hat sich auch an deiner Brust ausweinen dürfen?« fragte Margot wieder gereizt. »Ein Dienst ist natürlich den anderen wert.«

»Margot, du bist herzlos, aber ich bin trotzdem froh, daß ich mich nicht mehr vor dir verstecken muß. Es war ein scheußliches Leben so allein . . .«

»Reden wir also einmal vernünftig miteinander! Wann soll ich nun in den Skandal hineingezogen werden?«

Cecile senkte den Kopf.

»Vielleicht am Tag unserer Ankunft in New York, wenn – wenn . . .«

»Wenn?«

»Wenn sich alles nach Wunsch entwickelt«, meinte Cecile vorsichtig.

»Weißt du auch – von der Fotografie?« fragte Margot zögernd.

»Jim hat mir alles gesagt.«

»Bist du Mr. Sanderson schon früher begegnet?«

Cecile wandte sich ab und schüttelte den Kopf.

»Laß diese Sache, bis wir in New York ankommen – bitte, erfülle mir den Wunsch!«

»Schön, ich will warten«, sagte Margot. »Vor allem aber möchte ich jetzt wissen, ob Jim oben auf mich gewartet hat.«

Sie eilte aus der Kabine.

27

Mit dem Aufzug fuhr Margot nach oben und sah gerade noch, daß Jim fortgehen wollte. Sie pfiff leise.

»Ach, du bist es! Und – hast du die Dame erschlagen oder erdolcht?«

Margot zitterte.

»Sprich nicht so! Cecile habe ich immer gern gehabt, aber ich muß sagen, diese Geheimnistuerei und diese zärtliche Umarmung waren doch etwas zuviel für mich. Jim, war es denn wirklich nötig, daß sie sich an deiner Brust ausweinte?«

Er zog sie fest an sich und küßte sie, und sie schmiegte sich versöhnt an ihn.

»Wann gehst du wieder in den Heizraum?« fragte sie.

»Darüber wollen wir lieber nicht sprechen, Margot! Ich möchte dich gern ein bißchen mehr ins Vertrauen ziehen, nur darfst du, wenn ich dir etwas sage, nicht weiter in mich dringen – versprichst du mir das?«

»Gut, ich verspreche es.«

»Erstens möchte ich noch einmal betonen, daß ich Mrs. Markhams Juwelen nicht gestohlen habe. Das Schmuckstück wurde von den ›Vier Großen‹ erbeutet. Es steht außer Zweifel, daß es eine solche Bande gibt. Es sind vier Leute, die schon lange zusammenarbeiten. Auf ihr Konto gehen die großen Juwelendiebstähle, die in letzter Zeit in Europa soviel Aufsehen erregt haben. Ein Mitglied dieser Bande hat sich auch Mrs. Markhams Halsband angeeignet.«

»Wer sind aber die Leute? Ach, Verzeihung, das ist wohl eine Frage, die ich nicht stellen darf?«

»Teils, teils. Sie ist deshalb verboten, weil ich sie nicht sicher beantworten kann, und ich möchte nicht darüber reden, bis ich meiner Sache gewiß bin. Feststeht, daß die beiden Trentons zu der Bande gehören, die in den Vereinigten Staaten schon Gefängnisstrafen abgesessen haben. Sanderson hat mir das noch mitgeteilt. Es handelt sich um einen Mann und eine Frau. Hier an Bord sind zwei Kriminalbeamte von Scotland Yard, die eifrig unter den Passagieren der zweiten und dritten Klasse nach ihnen suchen. Der dritte ist ein Spanier namens Antonio Romano und der vierte, der gerissenste und schlaueste von allen, ein gewisser Mr. Talbot, Meisterfälscher und Einbrecher, Spezialist für Brillanten und Schmucksachen. Aber nicht er, sondern Trenton ist der Führer der Bande. Es ist sicher, daß zwei von ihnen sich an Bord dieses Schiffes befinden. Scotland Yard hat darüber genaue Mitteilungen erhalten.«

»Woher weißt du das alles?«

»Weil einer der Kriminalbeamten neben mir im Kesselraum arbeitet.«

»Ist er auch Heizer?« fragte sie erstaunt. »Ist das etwa der Mann, den du Nosey nennst?«

»Ja. Ich vermutete schon, wer er war, als wir ihn damals zusammen sahen. Und als er mich fragte, ob ich Jim Bartholomew sei, der wegen Mordes gesucht wird . . .«

Margot wurde bleich.

»Aber – das hast du ihm doch nicht gesagt?« fragte sie entsetzt. »Sag, daß du es ihm nicht ...«

»Doch, er weiß es – aber reg dich deswegen nicht auf, Liebling! Du glaubst doch nicht etwa, daß ich mich von jetzt an mein ganzes Leben lang verstecken will? Wenn ich das Geheimnis, das über diesem Fall schwebt, auf dieser Reise nicht aufklären kann, gehe ich nach England zurück und stelle mich dem Gericht. Die Verhandlung wird dann ja ergeben, daß ich weder Sanderson erschossen noch die Juwelen gestohlen habe.«

Er küßte sie zärtlich, und für einen Augenblick wichen alle Sorgen von ihr.

Aber dann faßte sie ihn wieder hart am Arm.

»Ich fürchte, ich bekomme noch graue Haare, bis wir in New York sind.«

»Und ich bin schon ganz rotgebrannt von der Hitze im Kesselraum. Aber ich habe dir noch nicht alles gesagt – soll ich weitererzählen?«

»Ja, bitte.«

»Hätte ich nicht mit Sergeant Rawson von Scotland Yard gesprochen, könnte ich wahrscheinlich in New York nicht an Land gehen. Wenn wir in Ellis Island Anker werfen, wird eine ganze Schar amerikanischer Kriminalbeamter an Bord kommen, um die Mitglieder der Bande auszukundschaften, und es ist ziemlich sicher, daß sie die Leute finden.«

»Warum sicher?«

»Weil einer von ihnen sich telegrafisch als Kronzeuge angeboten hat. Er schickte ein Telegramm ab – an dem Abend wäre er beinahe umgebracht worden.«

Margot sah Jim verwundert an.

»Mr. Price?« fragte sie leise.

»Price oder Talbot – das bleibt sich gleich. Ich hätte viel darum gegeben, wenn ich den Inhalt des Telegramms hätte lesen können. Talbot ist der Mann, auf den es im Augenblick ankommt, und durch ihn wird Mrs. Markham auch das gestohlene Diamanthalsband wiederbekommen.«

»Jetzt, da ich das alles weiß, kann ich wieder ein wenig aufatmen – und daß ich auf dieser Reise mit dir zusammensein darf, ist wunderbar!«

»Wenn du nur sehen könntest, wie rotgebrannt ich von den Hüften an aufwärts bin. Aber trotz aller Hitze und Arbeit – die

Stunden mit dir waren es wert!« Er änderte seinen Ton und schlug vor: »Komm, wir wollen aufs Promenadendeck gehen.«

Unten waren kaum noch Leute, und die beiden gingen auf und ab. Sie sprachen von Devonshire, von Amerika, nur nicht von den Sorgen, die sie hatten. Auf ihrem Gang kamen sie auch an Mr. Price vorbei, der an der Reling lehnte und nachdenklich aufs Meer hinausschaute. Etwa zwanzig Schritte von ihm entfernt saß ein gutgekleideter Mann in einem Deckstuhl. Es war jener Passagier, der damals nachts zusammen mit dem Mann, den Jim ›Nosey‹ genannt hatte, an ihnen vorübergegangen war.

»Siehst du den Herrn dort?« fragte Jim, als sie in seine Nähe kamen.

»Ja.«

»Das ist der andere Kriminalbeamte. Seine Aufgabe ist es, Price oder Talbot zu bewachen, damit die Mitglieder der Bande ihm nichts antun. Neulich abends hätten sie ihn ja beinahe erledigt.«

»Aber dieser Kriminalbeamte hat es doch unvergleichlich besser als der arme Rawson, der sich unten im Heizraum abquälen muß«, meinte Margot.

Jim lachte.

»Sie haben darum gewürfelt, wer erster Klasse fahren darf. Mein Freund hat verloren.«

Dreimal machten sie die Runde, und immer noch lehnte Mr. Price an der Reling. Sein Kopf war auf die Brust gesunken, und er stützte sich mit den Ellbogen auf das Geländer.

Als sie zum viertenmal vorbeikamen, blieb Jim vor dem Kriminalbeamten stehen.

»Unser Freund drüben ist schon ziemlich lange dort.«

Der Kriminalbeamte warf die Zigarette weg und sah das Deck entlang.

»Ja, ich beobachte ihn seit einer halben Stunde.«

»Ist jemand in seiner Nähe gewesen?«

Allem Anschein nach kannte der Kriminalbeamte Jim. Später erfuhr Margot, daß die beiden Beamten kurz vorher mit Jim eine Konferenz in der Kabine des Chefingenieurs abgehalten hatten.

»Nein, es ist ihm niemand zu nahe gekommen. Natürlich sind mehrere Leute vorbeigegangen, genau wie Sie und ich.«

»Ich möchte nur wissen, worüber er solange nachgrübelt«, sagte Jim.

Margot seufzte.

»Wenn man nicht wüßte, wer er ist, könnte er einem leid tun.«

»Nun, Price kann sich glücklich schätzen«, erwiderte der Kriminalbeamte. »Er hat heute die telegrafische Bestätigung erhalten, daß er seiner Verbrechen wegen nicht verfolgt und sein Zeugnis vom Staat angenommen wird.«

Langsam ging er auf Mr. Price zu und legte die Hand auf seine Schulter.

»Mr. Price, an Ihrer Stelle würde ich jetzt zu Bett gehen.«

Der Pfarrer antwortete nicht.

Der Kriminalbeamte neigte sich vor und sah ihn genauer an. Dann drehte er sich um und kam mit den Händen in den Taschen zurück.

»Miss Cameron, es wäre wohl am besten, wenn Sie sich zur Ruhe legten.«

Jim sah ihn an, sekundenlang, und Margot wechselte einen Blick mit Jim.

»Ist er – verletzt?« fragte sie besorgt.

»Das nicht, aber manchmal hat er solche Anfälle und wird ohnmächtig«, erklärte der Kriminalbeamte, »und dann ist es besser, wenn ihn die Leute in diesem Zustand nicht sehen.«

Sie glaubte, was er ihr sagte, lächelte Jim noch einmal zu, verabschiedete sich und ging nach unten.

Jim und der Kriminalbeamte aber legten den Toten auf das Deck, und der Beamte zog das Dolchmesser aus seiner Seite.

28

Nirgends wird ein Geheimnis besser bewahrt als an Bord eines Schiffes. Alle, die zur Besatzung gehören, vom Kapitän bis zum letzten Pagen, sind geborene Verschwörer, wenn es sich darum handelt, daß die Passagiere gewisse Dinge nicht erfahren sollen.

Niemand, mit Ausnahme der wenigen, die es direkt anging, wußte beim Frühstück am nächsten Morgen, welche Tragödie sich in der Nacht abgespielt hatte.

Der Platz von Price war gedeckt – seine Serviette lag zusammengefaltet links neben dem Teller, und die frisch gebackenen Brötchen, die heißen Toastschnitten und der Kaffee waren pünktlich um halb neun zur Stelle. Um diese Zeit pflegte er zu frühstücken.

Der Decksteward rückte den Sessel zurecht, ordnete die Kissen und legte das Buch, in dem der Pfarrer gelesen hatte, bequem zur Hand, obwohl er wußte, daß Mr. Price unten in einem abgeschlossenen Raum als Toter aufgebahrt lag.

Margot ahnte so wenig wie alle anderen, was passiert war. Sie bat den Steward, in Mr. Prices Kabine zu gehen und sich nach dessen Befinden zu erkundigen. Er kam mit der Nachricht zurück, daß Mr. Price sich nicht wohl fühle und wahrscheinlich heute kaum zu Tisch erscheinen könne.

Auch Mr. Winter erkundigte sich nach dem Pfarrer, und zwar beim Steward im Rauchsalon. Auch dieser wußte sehr genau, daß Mr. Price tot war, denn er hatte selbst geholfen, die Leiche wegzuschaffen. Er erwiderte, daß Mr. Price vor ein paar Minuten noch im Rauchsalon gewesen sei und wohl eben erst nach unten gegangen sein müsse.

Der Morgen war sonnig und klar, aber gegen Mittag kam das Schiff in eine dichte, weiße Nebelbank, und für den Rest des Tages konnte die ›Ceramia‹ nur mit der geringen Geschwindigkeit von zehn Knoten in der Stunde fahren. In kurzen Intervallen schrillten die Dampfpfeifen.

Auf dem Promenadendeck war es feucht und kalt. Die Deckplanken waren naß und glatt, so daß selbst das Spazierengehen nicht anzuraten war.

Margot ließ sich von alldem nicht beeindrucken. Sie saß in ihrem Deckstuhl, in Decken eingewickelt, und genoß selbst unter diesen Umständen den Aufenthalt im Freien.

Den größten Teil des Vormittags hatte sie mit ihrer Schwägerin verbracht. Cecile war fest entschlossen, sich bis zum Ende der Reise nicht zu zeigen. Aber sie gab schließlich Margots Drängen nach und zog in die größere und bequemere Kabine, die Frank von Anfang an für sie belegt hatte.

»Auf jeden Fall bist du dann in meiner Nähe«, argumentierte Margot. »Die Zimmer haben eigene Ausgänge nach dem Korridor, so daß du ungehindert aus und ein gehen kannst. Nur auf einer Forderung muß ich bestehen: Wenn du mit Jim sprechen willst, möchte ich dazu eingeladen werden!«

Cecile lächelte.

»Hast du mir noch nicht verziehen, Margot?«

»Wenn ich kein so versöhnlicher Mensch wäre, müßte ich dir zweifellos noch böse sein. Aber da ich nicht glaube, daß das zu einer Gewohnheit zwischen euch wird ... Wenn du durchaus weinen mußt, dann komm bitte zu mir und vertrau dich mir an!«

Der Nebel hielt den ganzen Nachmittag an, erst gegen Abend lichtete er sich ein wenig. Nach dem Essen wurde er jedoch wieder dichter.

Margot kannte genau die Zeiten, wann Jim unten im Heizraum Dienst hatte. Heute war er in einer früheren Schicht, und es bestand daher Aussicht, daß er zeitiger aufs Bootsdeck hinaufkommen konnte. Sie saß da und las krampfhaft in ihrem Buch, um die Zeit totzuschlagen. Mrs. Markham, die vorüberkam, schüttelte nur den Kopf über solchen Unverstand.

»Ach, es ist entsetzlich kalt! Man könnte fast denken, daß wir in die Nähe eines Eisberges geraten sind.«

»Sie können auch weiter nichts als Unglück prophezeien! Sind Sie eigentlich je schon zufrieden und glücklich gewesen?«

Ärgerlich wandte sich Mrs. Markham Margot zu.

»Sie wissen überhaupt nicht, was Sie sagen! Sie sind noch zu jung, um zu wissen, was Glück und Unglück bedeuten. Ich bin nie glücklich gewesen, und ich werde auch niemals glücklich sein ...«

Margot schwieg betroffen. Sie sah, daß Mrs. Markham erregt und schnell atmete.

»Es tut mir leid, ich wollte Ihnen nicht weh tun«, sagte sie freundlich.

Langsam beruhigte sich Mrs. Markham wieder. Dann legte sie die Hand auf die Schulter des jungen Mädchens.

»Ich bin so entsetzlich nervös heute abend – ich gehe jetzt in meine Kabine, um mir die Zeit zu vertreiben.«

29

Als Stella Markham nach unten kam, wartete Mr. Winter vor der Kabinentür auf sie.

»Sie haben den Schlüssel, Madame ....«

Sie nahm ihn aus ihrem Täschchen und öffnete die Tür. Die Kabine war vollkommen dunkel, ebenso das Schlafzimmer. Sie drehte das Licht an und ging zur offenen Schlafzimmertür.

Im gleichen Augenblick hörte sie ein Geräusch, und als sie auch im Schlafzimmer Licht gemacht hatte, sah sie sich einem Mann gegenüber, der die Hand auf das offene Fenster gelegt hatte und gerade fliehen wollte. Er war in Abendkleidung, doch der untere Teil seines Gesichts, von den Augen an, war mit einem vorgebundenen Taschentuch verdeckt.

»Winter!« rief Mrs. Markham laut.

Der Butler stürzte herein und hielt dem Maskierten einen Revolver vor die Brust.

»Was machen Sie hier?« fragte Stella.

Die Frage war überflüssig. Zwei Schubladen waren herausgezogen, der Inhalt lag auf dem Sofa und den beiden Sesseln verstreut. Der Eindringling hatte nicht die geringsten Vorkehrungen getroffen, um die Spuren seines Besuchs zu verwischen.

Das Bett befand sich in Unordnung, die Matratzen waren herausgezogen und untersucht worden. Der Kleiderschrank stand offen, und der Mann hielt eine Taschenlampe in der Hand.

»Hände hoch!« sagte Mr. Winter scharf.

Mit einer schnellen Bewegung riß Mrs. Markham das Taschentuch vom Gesicht des Einbrechers.

Jim Bartholomew stand vor ihr.

Sie nickte.

»Ich kenne Sie – Sie sind ein Freund von Margot.«

»Da haben Sie recht«, erwiderte Jim.

Zuerst hatte er die Hände vor dem drohenden Revolver gehoben, nun steckte er sie in die Taschen.

»Was machen Sie hier?«

Bartholomews Blicke wanderten von einer Schublade zur anderen, dann lächelte er befriedigt.

»Merkwürdige Frage. Es muß Ihnen doch klar sein, daß ich hier nicht Staub gewischt oder Ordnung gemacht habe.«

»Sie haben etwas gesucht!«

»Gut geraten, Mr. Winter. Sie können Ihren Revolver ruhig wegstecken – Sie werden hier nicht schießen.«

»Ich bringe Sie sofort zum Kapitän!« rief der Butler.

Er war bleich, ob aus Wut oder Furcht, konnte Jim im Augenblick nicht entscheiden.

»Ich glaube nicht, daß Sie das tun werden. Vom Schiff weglaufen kann ich ja nicht gut. Es besteht daher keine dringende Notwendigkeit, den Kapitän zu dieser Stunde im Schlaf zu stören. Sie kennen mich doch? Sie können mich jederzeit an Bord finden, wenn Sie mich brauchen.«

»Wenn wir Sie aber nicht finden können, Mr. Bartholomew – so heißen Sie doch?«

»Ja, ganz richtig.«

Eine unangenehme Pause trat ein.

»Sie können gehen«, sagte Stella Markham schließlich.

»Wollen Sie mich nicht untersuchen, bevor ich gehe?« fragte Jim.

»Sie können gehen –«, wiederholte sie und machte eine Handbewegung zur Tür.

Sie war noch bleicher als Winter.

»Warten Sie!« sagte der Butler plötzlich und versperrte Bartholomew den Weg. »Ich glaube nicht, daß das die richtige Art ist, dieses Zusammentreffen zu beenden, Mrs. Markham!«

Er war ein kräftiger, starker Mann, aber Jim stieß ihn zur Seite, als ob er ein Kind wäre, ging an ihm vorüber und begab sich auf das A-Deck.

30

Jim konnte Margot auf dem Promenadendeck nirgends sehen und stieg darum gleich zum Bootsdeck hinauf, wo er sie auch fand. Zuvor war sie kurz in ihrer Kabine gewesen, um sich ein Sportkostüm anzuziehen, das besser geeignet war für diese neblige Nacht.

»Morgen werde ich meine Unschuld bewiesen haben, mit anderen Worten, ich werde, genau wie mein Freund von Scotland Yard, als Passagier erster Klasse fahren. Er hat die Sache ebenso satt wie ich.«

»Was wird morgen geschehen?«

»Morgen abend passieren wir Fire Island Light, und einige Zeit später werfen wir in der Höhe von Sandy Hook Anker. Am nächsten Morgen kommen die Beamten der Vereinigten Staaten an Bord, und dann werden wir ja sehen, was passiert.«

Der Nebel wurde dünner, doch der große Dampfer behielt die Geschwindigkeit von zehn Knoten in der Stunde bei.

»Bist du nicht ein wenig müde?« fragte Margot. »Du sprichst so wenig.«

»Ich habe ein aufregendes Abenteuer hinter mir. An einem der nächsten Tage erzähle ich es dir. Und ich bin tatsächlich auch ein wenig müde. Dieser Nebel bedeutet Überstunden für uns im Heizraum. Viel mehr Leute sind eingesetzt und die Schichten verdoppelt.«

»Dann will ich dich nicht länger aufhalten.«

Er schloß sie in die Arme.

»Hoffentlich ist bald alles vorüber.«

»Ja. Es ist wohl am besten, wenn ich jetzt hinuntergehe und mich hinlege. Gute Nacht, Jim.«

Er küßte sie noch einmal und schaute ihr nach, als sie zur Treppe ging. Dann drehte er sich um und schlenderte in entgegengesetzter Richtung davon.

Sie hatte schon die Treppe erreicht, als ihr einfiel, daß sie mit Jim nichts über ihre nächste Zusammenkunft verabredet hatte. Rasch kehrte sie um und sah, wie er sich weiter vorn über die Reling beugte, und zwar an der gleichen Stelle, wo sie ihn neulich mit Cecile überrascht hatte. Sie konnte ihn jetzt deutlich erkennen, weil der Nebel einen hellen Hintergrund bildete. Einen Augenblick blieb sie stehen und beobachtete ihn.

Währenddessen sah sie, daß die dunkle Gestalt eines Mannes hinter einem der Boote hervorkam. Er hob den Arm und schlug von hinten auf Jim ein, der in sich zusammensank – reglos hing er jetzt mit Kopf und Armen über die Reling.

Margot versuchte zu schreien, aber sie brachte keinen Ton heraus. Sie war wie gelähmt. Der Mann, der Jim hinterrücks angegriffen hatte, bückte sich und packte den Bewußtlosen an den Beinen, um ihn über die Reling ins Wasser zu werfen.

In höchster Angst schrie Margot gellend auf, aber es war zu spät. Die dunkle Gestalt eilte in den Schatten zurück, während Jim in die Tiefe stürzte. Gleich darauf hörte Margot, wie der Körper ins Wasser schlug. Wieder schrie sie auf, dann hastete sie die Treppe hinunter. Ihr Entschluß war gefaßt. Als sie auf dem unteren Deck ankam, sprang sie auf die Reling und hielt sich an einer Stange fest, die das Sonnensegel trug. Im Nu hatte sie das Kleid abgestreift und sprang ins Wasser.

Es war nicht so kalt, wie sie erwartet hatte. Bald darauf kam sie wieder an die Oberfläche und sah sich um. Sie entdeckte die dunklen Schultern Jims und schwamm direkt auf ihn zu. Als der hintere Teil des Schiffes vorüberglitt, hatte sie den Arm um ihn gelegt. Plötzlich klatschte etwas auf das Wasser, und sie wandte sich um. Etwa zwanzig Meter von ihr entfernt leuchtete eine hellgrüne Flamme auf – sie erkannte den weiß-roten Rettungsring mit dem hellen Kalklicht. Mit großer Mühe hielt sie darauf zu.

Man hatte sie gesehen – das große Schiff drehte nach Steuerbord ab, wendete, und dann hörte das Geräusch der Schrauben auf.

Margot hörte Stimmen an Deck. Ein Kran ächzte, als das Rettungsboot heruntergelassen wurde. Jim regte sich wieder. Nach und nach kam er zum Bewußtsein, aber er war zu erschöpft, um sich selbst bewegen zu können. Margot hatte den Arm in den Rettungsring eingehängt und trat Wasser.

Die Matrosen hoben Jim ins Boot, und Margot folgte. Sie war nur noch wenig bekleidet. Gleich legte auch jemand einen warmen Mantel um ihre Schultern, und sie beeilte sich, in ihre Kabine zu kommen.

Nach einem heißen Bad kleidete sie sich nochmals an und ging trotz der Warnungen Ceciles sofort wieder an Deck, um sich zu vergewissern, was aus Jim geworden war. Auch er hatte sich umgezogen, war vom Arzt betreut worden, und jetzt umringten ihn ein paar neugierige Passagiere.

Er log das Blaue vom Himmel herunter.

»Ich bin oben auf dem Bootsdeck an der Reling eingeschlafen, habe das Gleichgewicht verloren und bin ins Wasser gefallen. Miss Cameron sah mich offenbar hinunterstürzen – weiter kann ich mich auf nichts besinnen, bis ich wieder zu Bewußtsein kam.«

Der Steuermann hatte von seinem Standort aus den ganzen Vorgang beobachtet und den Rettungsring rasch und zielsicher geworfen. Jim erfuhr das erst später. Der Schiffsarzt hatte die Kopfwunde verbunden.

Der Mann, der von hinten angriff, mußte wohl ziemlich nervös gewesen sein – der Schlag hatte den Überfallenen zwar betäubt, aber nicht mit der beabsichtigten Wucht getroffen.

»Ich verdanke dir also mein Leben –«, sagte Jim, als er mit Margot allein war.

»Die Rechnung dafür wird dir eines Tages präsentiert werden!« unterbrach sie ihn trocken. »Jetzt gehe ich in meine Kabine zurück. Du scheinst dich ja einigermaßen erholt zu haben, denn du sprichst weit mehr, als man es sonst bei dir gewohnt ist.«

Sie drückte seinen Arm und verschwand.

31

Als Jim Bartholomew am nächsten Morgen aufwachte, mußte er sich erst besinnen, wo er war, denn man hatte ihm in der Nacht in aller Eile eine Kabine auf dem F-Deck zugeteilt.

Die beiden Kriminalbeamten von Scotland Yard besuchten ihn, später kam der Schiffsarzt und wechselte den Verband.

An diesem Tag ersuchte Mr. Winter um eine Unterredung mit dem Kapitän. Sie wurde ihm gewährt, und er erhob bittere Klage gegen Mr. Bartholomew. Der Kapitän hörte sich alles an, was der Butler vorzubringen hatte, und erklärte darauf, daß die Sache bereits von zuständigen Stellen untersucht würde.

Aber damit gab sich Mr. Winter nicht zufrieden.

»Wahrscheinlich wissen Sie auch, daß dieser Mr. Bartholomew ein Flüchtling ist. Die Polizei hat einen Steckbrief erlassen, weil er unter dem Verdacht steht, einen Mord begangen zu haben.«

»Das ist mir alles bekannt. Sind Sie denn Polizeibeamter?«

»Nein, das nicht«, sagte Winter.

»Nun, dann kann ich Sie ja beruhigen. Es sind nämlich Beamte von Scotland Yard an Bord.«

32

Mrs. Markham hatte die Abwesenheit Winters dazu benützt, eine Besprechung mit Major Visconti herbeizuführen.

»Wollen Sie so liebenswürdig sein, in meine Kabine mitzukommen?« fragte sie ihn.

»Madame«, sagte er und verneigte sich formvollendet, »ich freue mich, Ihrem Wunsch nachkommen zu dürfen.«

Er folgte ihr bis zum Ende des Ganges, wo ihre Kabine lag.

Nachdem er die Tür geschlossen hatte, lud Stella ihn mit einer Handbewegung ein, in einem Sessel Platz zu nehmen.

»Tony«, begann sie vorwurfsvoll, »was ist eigentlich geschehen? Warum habt ihr Talbot umgebracht?«

Er nahm seine Mütze ab.

»Hat er –?« fragte sie wieder.

»Er hat uns verraten wollen.«

»Aber wie – wann?«

»Er war schon letzten Monat in dauernder Angst. Das wissen

wir doch, Madonna. Ich mußte immer an seiner Seite bleiben, als wir in Paris waren, und auch in London durfte ich ihn nicht aus den Augen lassen. Als er erfuhr, daß Kriminalbeamte an Bord des Schiffes sind, hat er den Verstand vollends verloren. Telegrafisch fragte er in Washington an, ob sich die Behörden darauf einließen, wenn einer von uns aus freien Stücken alles gestehen würde. Und natürlich wollte er wissen, mit welchem Entgegenkommen er dann rechnen könnte. Er erhielt eine befriedigende Antwort und schickte ein noch längeres Telegramm ab. Winter sah, wie er es schrieb, und vermutete den Zusammenhang. Talbot hatte Abschriften seiner Telegramme zurückbehalten, und als Winter seine Kabine durchsuchte, fand er sie.«

Mrs. Markham schwieg.

»Wer sind die Kriminalbeamten? Kennen Sie die Leute?«

»Ja, der eine hat unten im Heizraum mit Bartholomew gearbeitet, der andere fährt als Passagier erster Klasse.«

»Sind sie hinter uns her?«

Er lächelte.

»Das kann ich nicht genau sagen. Meiner Meinung nach nicht. Talbot hat in seinen Telegrammen nicht angedeutet, daß – Sie an Bord sind.«

»Aber das werden sie erfahren.«

»Madonna«, sagte er ernst, »es gibt einen Ausweg für Sie. Das heißt, wenn nicht Winter ...«

Er sprach nicht weiter und biß sich auf die Lippen.

»Was meinen Sie?« fragte sie und sah schnell zu ihm auf.

»Ich meine, man kann Ihnen in keinem Fall nachweisen, daß Sie an irgendeiner unserer Unternehmungen teilgenommen haben. Die Sache mit diesem Diamantenhalsband in Moorford – so hieß doch wohl das Nest?«

Sie nickte.

»Auch das kann Ihnen nicht zur Last gelegt werden. Das hat Winter getan. Ich möchte nur wissen, warum. Ich nahm immer an, das Schmuckstück gehöre Ihnen.«

»Ja. Es ist das einzige ehrlich verdiente Stück, das ich in meinem Leben besessen habe«, erwiderte sie bitter. »Jemand, der mich schätzte, hat mir Petroleumaktien geschenkt. Die sind kolossal im Wert gestiegen. Das Halsband wurde vom Erlös gekauft. Auf Winters Rat hin legte ich das Geld in Diamanten an.«

»Das war nicht klug von Ihnen. Ich sehe jetzt den Zusammenhang deutlich. Winter wollte nicht, daß Sie eigenes Vermögen besitzen, das Sie unabhängig gemacht hätte. Deshalb legte er das Geld so an, daß Sie nicht jeden beliebigen Augenblick darüber verfügen konnten. Ich habe mich für das Schicksal dieser Halskette interessiert – und ich muß sagen, daß ich zufrieden bin.« Er sah sie sinnend an. »Darf ich Ihnen etwas sagen, Madonna?«

Sie blickte bestürzt zu ihm auf.

»Nein, bitte, tun Sie es nicht.«

Er schaute sie zärtlich an.

»Ich liebe Sie, Madonna. Ich weiß, daß Sie das nicht hören dürfen, denn ich bin ein Mensch, der viele Verbrechen begangen hat. Aber ich verehre Sie, wie kaum ein Mann eine Frau verehren kann.« Er machte eine Pause und sprach dann langsam weiter. »Ich will alles tun, was in meiner Macht steht, um Sie zu beschützen, damit Sie nicht in die Sache hineingezogen werden können, wenn diese Reise schlecht enden sollte.«

»Aber Winter wird das nicht zulassen«, sagte sie.

Er lächelte böse und zeigte seine weißen Zähne.

»Ich bereue nicht, daß ich Talbot beiseite geschafft habe. Ich kannte ihn, er war ein schlechter Charakter. Wenn ich Blut an meinen Händen habe – er hatte es auch. Sie wissen wohl nicht, daß er die kleine Chinesin Hien ...«

In diesem Augenblick öffnete sich die Tür heftig, und Winter trat wütend herein.

»Nun, was gibt es hier?« wandte er sich ärgerlich an Tony. »Was wollen Sie?«

Tony lächelte.

»Vor allem, daß du dich mir gegenüber etwas höflicher benimmst«, sagte er unbekümmert. »Mach kein so verdrießliches Gesicht!«

»Höflich? Du scheinst wohl nicht zu wissen, daß Fire Island dicht vor uns liegt?«

»Das interessiert mich wenig«, erwiderte Tony in bester Stimmung. »Bei so nebligem Wetter kann es nur angenehm sein, zu wissen, daß ein Leuchtschiff in der Nähe ist.«

»Gewöhne dir gefälligst diesen Ton mir gegenüber ab! Hast du vergessen, was für eine Bedeutung das Leuchtschiff hat?«

Winters Benehmen hatte sich völlig geändert. Die vornehme, wohlüberlegte Ausdrucksweise war ihm abhanden gekommen.

»Warum soll ich dir nicht auch einmal die Meinung sagen können?« fragte Tony.

Er war vollkommen ruhig und stand in nachlässiger Haltung

da. Jeder andere wäre getäuscht worden, aber Winter wußte genau, daß er in seiner Tasche den Handgriff des Stiletts hielt. Er selbst hatte nicht mehr die Möglichkeit, seinen Revolver zu ziehen, und zwang sich deshalb zu einem Grinsen.

»Nun, wenn es dir so paßt, amüsiere dich ... Ich wüßte nicht, warum du das nicht tun solltest.«

»Was hat der Kapitän gesagt?« fragte Stella.

»Was glaubst du wohl? Er hat mit mir gespielt wie die Katze mit der Maus. – Hast du alles bei dir, Tony – und gut verwahrt?«

Romano nickte.

»Das Diamantenhalsband?«

Tony nickte aufs neue.

»Wann hast du ihm das gegeben?« fragte Winter mißtrauisch.

»Ach, es war gestern«, erwiderte Stella.

Winter sah lauernd von einem zum andern.

»Das ist eine gemeine Lüge!« platzte er heraus. »Wo ist das Halsband?«

Er trat einen Schritt vor.

»Du kannst dir alle Mühe sparen«, sagte Stella kühl. »Das Halsband ist an einem sicheren Ort.«

Winter wurde wütend und wollte sich auf sie stürzen, aber bevor er sie erreichen konnte, klopfte es zaghaft an der Tür.

»Wer ist da?« fragte Winter.

Mrs. Markham schlüpfte schnell an den Männern vorbei und versuchte zu öffnen, aber Winter stieß sie roh zur Seite und riß die Tür auf.

Draußen stand Cecile Cameron. Die Blicke der beiden trafen sich einen Augenblick. Der wütende Ausdruck wich aus Winters Gesicht.

»Kommen Sie doch näher, Mrs. Cameron –« sagte er höflich.

Sie sah nur Stella an und ging auf sie zu.

»Nun – was wollen Sie tun, um Ihre Schwester aus der unangenehmen Lage zu befreien?«

Cecile wandte sich zu Winter um.

»Ist sie – in Gefahr?« fragte sie leise.

»Wir alle sind in Gefahr – sehen Sie das nicht?«

»Ich will tun, was in meinen Kräften steht«, sagte Cecile.

»Da müssen Sie sich aber verdammt anstrengen und sich vor allem beeilen«, erwiderte Winter brutal. »Sie können Ihre Schwester nicht retten, ohne nicht auch ihren Mann aus dem Schlamassel zu ziehen.«

Ohne mit der Wimper zu zucken, schaute sie ihn an.

»Ich glaube, es läßt sich etwas tun. Gegen Stella ist keine Anklage erhoben worden, und die Kriminalbeamten an Bord ahnen nicht einmal, daß sie auf dem Schiff ist.«

»Woher wollen Sie das wissen?« fragte Winter schnell.

Tony lächelte.

»Sie hat eben Bartholomew gefragt! Was sie uns da soeben gesagt hat, bestätigt meine Hoffnung.«

Winter drehte sich heftig nach Romano um.

»Wieso – deine Hoffnung?«

»Ja, ich wünsche dringend, daß Madame nicht in diese Sache hineingezogen wird, wenn die Polizei sich einschalten sollte.«

»Ach so, darum handelt es sich!« Winter starrte Tony an, dann wandte er sich seiner Frau Stella zu. »Aus diesem Grund also hast du seine Schwester jede Nacht hier getroffen! Und dabei hast du mir gesagt, daß sie lediglich versuche, dich von diesem Leben abzubringen. Belogen hast du mich! Wahrscheinlich hast du die ganze Sache so gedreht, daß mich die Polizei fassen soll, nachdem Talbot tot ist. Und Tony ist an diesem Verrat beteiligt!«

»Laß das blöde Geschwätz«, warf Tony ruhig ein. »Ich muß ja schließlich alle Konsequenzen tragen, wenn die Sache vor Gericht kommt – und ich glaube, diesmal wird es eine böse Sache werden.«

Stella hatte den Kopf an die Schulter ihrer Schwester gelegt und die Augen geschlossen. Sie sah müde und bleich aus.

»Wenn Sie glauben, Ihre Schwester aus dem Skandal heraushalten zu können – wenn ihr alle es darauf angelegt habt, mich als Sündenbock ins Gefängnis wandern zu lassen, damit meine teure Gattin in New York oder London die große Dame spielen kann, dann habt ihr euch aber mächtig verrechnet!« Er atmete schwer. »Stella, du hast genau die gleiche Schuld wie ich oder Magda – oder was für blöde Namen du dir sonst noch zugelegt hast! Wenn die Sache vor Gericht kommt, kannst du dich felsenfest darauf verlassen, daß ich als Zeuge auftrete und den Leuten beweise, wie sehr du an all den Geschichten beteiligt warst, die wir in Europa ausgefressen haben.«

»Und dann werde ich als Zeuge auftreten und beweisen, daß das nicht der Fall ist«, widersprach Romano.

»Das hätte gerade noch gefehlt.«

»Warum nicht? Die Leute werden mindestens ebenso auf mich hören wie auf dich.«

»Nun gut.«

Winter ging zur Tür. Im nächsten Augenblick aber packte ihn wieder helle Wut. Er drehte sich um und sprang mit einem Fluch auf seine Frau los.

Gerade als seine Hände ihre Kehle umklammern wollten, spürte er einen intensiven Schmerz unter der linken Schulter. Er schrie laut auf und fuhr herum.

»Das ist eine Warnung!« sagte Tony ruhig. »Noch einen halben Zentimeter weiter, und es wäre ins Herz gegangen«, fügte er drohend hinzu.

Winter sah auf die lange, blitzende Klinge in Romanos Hand.

Er sagte nichts, riß die Tür auf und stürzte hinaus.

Als Stella gleich darauf wieder zu Tony hinsah, hatte er nichts mehr in der Hand.

33

»So, jetzt sind wir am Ende der Reise angelangt«, erklärte Jim.

»Warum das?« fragte Margot und sah sich erstaunt um.

Ein leichter Dunst lag auf dem Wasser, und die ›Ceramia‹ fuhr mit höchster Geschwindigkeit.

»Wenn du genau aufpaßt, kannst du die Sirene hören, die jede Minute ertönt. Das ist Fire Island.«

»Du scheinst dich sehr gut auszukennen, obwohl du die Reise noch nie gemacht hast.«

»Ich bin noch nie in den Vereinigten Staaten selbst gewesen, aber beim Leuchtschiff von Fire Island war ich schon – im Krieg habe ich einmal flüchtige Unterseeboote bis hierher verfolgt.«

Gleich darauf vernahmen sie deutlich die Sirene. Sie standen auf dem Vorderdeck unter der Kabine des Kapitäns und hörten den Maschinentelegrafen. Kurz darauf verringerte sich das Geräusch der Schiffsmaschinen.

»Wir fahren langsamer«, sagte Jim.

Margot legte den Arm in den seinen.

»Ich möchte dich etwas fragen.«

Er wußte, was es sein würde, und schwieg.

»Was passiert mit Mrs. Markham?«

Er sah sie forschend an. »Was weißt du von ihr?«

»Sag mir doch, was mit ihr geschieht.«

»Weißt du denn, wer sie ist?«

»Ja, Cecile hat es mir heute morgen gesagt. Mrs. Markham ist ihre Schwester, die angeblich gestorben ist. In Wirklichkeit ist sie mit diesem Mann verheiratet, den sie als ihren Butler ausgibt.«

Jim antwortete nicht gleich.

»Weiß Frank davon?«

»Ja. Sie hat Frank alles gebeichtet an dem Tag, an dem sie vorgab, nach Schottland fahren zu wollen. Frank hat sich sehr vornehm und anständig ihr gegenüber benommen. Aber nun sag mir, was hat Mrs. Markham zu befürchten?«

»Nichts. Sanderson hat zwar die Bande ›Die vier Großen‹ genannt, aber unter diesem Namen sind sie weder in England noch in Amerika der Polizei bekannt. Die Leute, hinter denen sie immer her waren, sind Talbot, Trenton und Romano.«

Sie runzelte die Stirn.

»Romano? Aber – du meinst doch nicht diesen eleganten Offizier?«

»Doch, genau den. Der Name von Mrs. Trenton dagegen ist nie erwähnt worden. In Scotland Yard weiß man zwar von ihrer Existenz, aber man hält sie mehr oder weniger für ein Opfer dieses Trenton. Ich habe mit den Kriminalbeamten eingehend darüber gesprochen. Die amerikanische Polizei ist der gleichen Meinung. Einer der Beamten hat gestern telegrafisch eigens deswegen in Washington angefragt, und die Antwort ist zugunsten von Mrs. Trenton ausgefallen. Die einzige Gefahr besteht natürlich darin, daß Trenton seine Frau in die Sache hineinzieht. Der Mann hat ja einen gräßlichen Charakter!«

Daran, daß Stella gerade von dieser Seite Gefahr drohte, hatte Margot noch nicht gedacht.

»Es ist entsetzlich!« meinte sie. »Wenn man bedenkt, daß sie mit ihm durchgebrannt ist, als sie noch auf die Schule ging . . .«

»Ich hoffe, daß sie ihre Sorgen jetzt bald los sein wird«, erwiderte Jim.

34

Winter war in die Kabine zu seiner Frau zurückgekehrt und mit Packen beschäftigt, als das Schiff seine Geschwindigkeit herabsetzte.

»Warum fährt das Schiff langsamer?« fragte Stella.

»Woher soll ich das wissen? Geh doch zum Kapitän und frag ihn!«

Mrs. Markham zuckte die Schultern.

»Winter, du wirst ganz unmöglich. Während der ganzen Reise habe ich versucht, dir zu helfen, aber mit deinem Benehmen hast du alles zunichte gemacht.«

»Wenn ich deinen Rat will, frage ich dich, und wenn ich den Wunsch habe, deinem Geschwätz zuzuhören, lasse ich es dich wissen. Unaufgefordert aber sollst du das Maul nicht aufreißen. Halt also gefälligst den Mund! Mit dir und Tony werde ich noch abrechnen.«

Er war dabei, einen Koffer zuzuschnallen. Stella saß mit gefalteten Händen da und starrte ins Leere.

»Wo wir uns auch befinden, westlich oder östlich des Atlantiks, immer ist das Leben mit dir eine Hölle –.«

»Willst du wohl still sein?« fuhr er sie hart an. »An einem der nächsten Tage – an einem der nächsten Tage, meine Liebe . . .«

Sie zuckte die Schultern.

»An einem der nächsten Tage soll mir vermutlich das gleiche passieren wie Talbot. Jim Bartholomew hast du auch umbringen wollen!«

Er ging zum Fenster ihrer Schlafkabine und sah hinaus.

Der Mast eines kleinen Bootes schwankte neben der Reling und verschwand nach hinten.

Winter wurde bleich.

»Das war ein Polizeiboot«, sagte er heiser.

Mrs. Markham verließ die Kabine.

»Wohin gehst du?«

»An Deck, um zuzusehen.«

»Komm sofort zurück!« rief er ihr nach.

Er stieß einen Wutschrei aus und eilte hinter ihr her.

In langen Sätzen raste er den Gang zwischen den Kabinen entlang, trat aufs Deck hinaus und sah sich nach ihr um. Aber er konnte sie nirgends entdecken. Gleich darauf beobachtete er eine Szene, die ihn vollständig aus der Fassung brachte.

Ein paar Schritte vom Saloneingang entfernt stand Tony. Er war von drei Männern umringt, die allem Anschein nach mit dem Polizeiboot gekommen waren. Der Mast war wieder zu sehen, der über die Reling hinausragte. Und obwohl sich Tony lächelnd mit den Leuten unterhielt, hielt ihn doch einer der Fremden fest am Arm gepackt.

Winter versuchte, zu seiner Kabine zurückzukehren, aber jetzt trat ein vierter Mann in den Gang, und hinter ihm erschien Jim Bartholomew.

»Ich verhafte Sie, Trenton!« sagte der Mann. »Wenn Sie vernünftig sind, machen Sie keine Umstände. Strecken Sie die Hände aus!«

Das Spiel war verloren, Flucht unmöglich. Trentons Gesicht sah eingefallen und aschgrau aus, als die Handschellen über seinen Gelenken einschnappten.

35

»Guten Morgen, Chefinspektor«, sagte Trenton, als er zu der Gruppe, die Tony Romano umringte, geführt wurde.

Er hatte einen der Beamten, den Leiter des Trupps, erkannt.

»Guten Morgen, Trenton«, erwiderte dieser kühl und wandte sich sofort wieder den ebenfalls anwesenden Kriminalbeamten von Scotland Yard zu. »Der dritte Mann ist also tot, wie Sie sagen?«

»Ja, der ist erledigt«, mischte sich Romano ein. »Diese Tatsache kann ich bezeugen, denn ich habe ihn selbst umgebracht.« Dann sah er lächelnd seinen Komplicen an. »Nun, mein lieber Winter – machen wir, daß wir weiterkommen und von Bord gehen!«

»Einen Augenblick –«, sagte Trenton heiser, »Sie suchen doch drei Personen, oder irre ich mich?«

»Ja, zwei Lebende und einen Toten.«

»Gut – Sie sollen drei Lebende haben!«

Tony Romano hatten sie noch keine Handschellen angelegt. Er stand in seiner gewöhnlichen, nachlässigen Haltung da. Ein Lächeln spielte um seine Lippen.

»Mein Freund«, sagte er, »du hast soeben gehört, daß nur drei gebraucht werden – zwei Lebende und ein Toter. Willst du noch mehr?«

»Ja –«, fuhr ihn Trenton wütend an.

»Du bist eben ein gemeiner Lump!« erwiderte Tony. »Aber du sollst haben, was du wünschst.«

Er hatte vollkommen ruhig gesprochen, und keiner der Anwesenden ahnte, was er beabsichtigte. Nur seine Armmuskeln zogen sich zusammen, dann schnellte er nach vorn. Es sah ganz so aus, als ob er Trenton umarmte.

»Können Sie sich denn nicht ruhig verhalten?« sagte der Chefinspektor scharf. »Legen Sie ihm Handschellen an, Riley!« befahl er einem seiner Leute.

Dann sah er Trentons starres Gesicht – das Kinn war auf Romanos Schulter gesunken.

»Das genügt«, sagte Tony. Als er zurücktrat, sank Trenton zu Boden. »So, meine Herren, hier ist das Messer.«

Er ließ die lange Dolchklinge fallen.

Sie legten ihm die Handschellen an.

»Mit Trenton brauchen Sie sich keine Mühe mehr zu machen«, meinte er, als sich die Beamten über den Mann am Boden beugten und die Wunde zu verbinden versuchten. »Der ist mausetot und sagt keinen Ton mehr. Er starb auf die gleiche Weise wie mein Freund Talbot, und es ist besser so. Ich möchte nicht mit solchen Lumpen vor Gericht stehen.«

Sie brachten ihn schleunigst zum F-Deck hinunter, wo sie ihn in aller Eile durchsuchten.

»Meiner Meinung nach«, bemerkte Jim, »finden Sie fast alle Juwelen, die vom Raubzug in Europa stammen, in den Breeches von Romano.«

Tony lächelte.

»Sie haben vollkommen recht. Was für einen Zweck hätte dieses Kleidungsstück sonst auch haben sollen?« Er schlug mit den gefesselten Händen gegen das Beinkleid. »Es ist drei Millionen Dollar wert.«

Vom F-Deck führte ein Fallreep direkt zum Polizeiboot. Als sie Romano fortführten, drehte er sich noch einmal nach Jim um.

»Meine respektvollen Empfehlungen an alle, die liebenswürdig zu mir waren.« Er sah Bartholomew direkt in die Augen, und Jim wußte, daß das ein letzter Gruß an Stella Markham war. »Bitte, entschuldigen Sie mich auch bei Miss Cameron. Ich bin in ihre Kabine gegangen, um mich zu vergewissern und zu beruhigen – es war etwas dort, was ich zu finden hoffte, und es ist auch noch dort.«

So nahmen sie Tony Romano mit sich. Auch die beiden Toten wurden ins Polizeiboot getragen.

Die Passagiere der ›Ceramia‹ hörten jetzt zum erstenmal etwas von der Tragödie, die sich an Bord abgespielt hatte.

36

Jim Bartholomew ging zur Kabine von Mrs. Markham. Sie war nicht allein. Cecile saß bei ihr und tröstete sie.

»Wollen sie mich auch verhaften?« fragte Stella matt.

Jim schüttelte den Kopf.

Er zögerte noch, ihr die Tat Romanos zu erzählen, der damit die letzte Chance verspielt hatte, dem elektrischen Stuhl zu entkommen.

»Es war nicht nötig, Ihre Anwesenheit auf dem Schiff zu erklären, Mrs. Markham«, sagte er. »Der einzige Mann, der Sie hätte verraten können, ist tot.«

Sie seufzte tief.

»Tony – hat Tony das für mich getan?«

Erst als sie sich am Abend in Ceciles Wohnzimmer im Hotel versammelten, erzählte Mrs. Trenton ihre Geschichte.

»Daß ich mit dem Mann, den ich dann heiratete, durchbrannte, ist ja bekannt. Er war viel älter als ich. Damals war ich restlos in ihn verliebt – aber diese Leidenschaft verflog bald. Er gehörte einer anderen Gesellschaftsschicht an als ich, doch sein Mangel an Bildung hätte sich noch entschuldigen lassen. Mit seiner Intelligenz hätte er es weit bringen können, nur – John Winter-Trenton war immer schon ein Verbrecher gewesen. Es dauerte sehr lange, bis ich die Wahrheit erfuhr, und dann erschrak ich nicht so sehr, wie ich wohl hätte müssen. Auf jeden Fall konnte er alles so glänzend darstellen, daß ich mit ihm gemeinsame Sache machte. Ich habe eine passive Rolle bei einer seiner größten Betrügereien gespielt. Lange Zeit ging es gut, aber dann verfolgte uns eine sehr schlaue Detektivin.«

»Merkwürdig«, unterbrach Jim, »zuerst hielt ich Sie für diese Detektivin, als ich in die Geschichte eingeweiht wurde.«

Stella schüttelte den Kopf.

»Nein, sie hat Amerika nie verlassen. Sie hat uns damals das erste- und einzigemal überführt. Winter und ich wurden verhaftet, und während wir in Untersuchungshaft saßen, habe ich meine

Schwester darüber verständigt, was aus mir geworden war. Jahrelang hat Winter dann nur sehr vorsichtig und in kleinem Maßstab gearbeitet. Erst mit Talbot zusammen wagte er sich wieder an größere Aktionen und wurde darin durch verschiedene Umstände noch bestärkt. Wir fuhren nach Europa, und nun begann diese Serie von Einbrüchen, die Sie ja kennen. Winter hatte sie alle ausgedacht und geplant, Tony und Talbot führten sie aus. Ich hatte weiter nichts zu tun, als die große Dame zu spielen. Wir mieteten sehr teure Landsitze, manchmal im Norden Englands, manchmal im Süden, die den anderen als Operationsbasis dienten. Winter gab sich für meinen Butler aus.« Sie lächelte schwach. »Es liegt eine gewisse Ironie darin, denn in Wirklichkeit war ich ja seine Sklavin. Nun ist er tot –«, schloß sie leidenschaftlich, »und ich bin froh, daß er tot ist. Mit meinen eigenen Händen hätte ich ihn ermorden sollen!«

Sie hatte sich erhoben und zitterte vor Erregung. Dann packte sie ein Weinkrampf.

»Ich glaube, wir wissen alles, was notwendig ist, Mrs. Cameron«, sagte Jim zu Cecile. »Weiß Ihr Mann davon?«

»Ich habe Frank alles mitgeteilt«, erwiderte Cecile.

37

Jim ging aus dem Zimmer und nahm Margot mit sich. Sie fuhren mit dem Lift in eins der oberen Stockwerke.

»Warum hast du eigentlich ihre Kabine an Bord des Dampfers durchsucht, Jim? Du warst doch dieser geheimnisvolle Matrose oder Heizer, den sie durchs Fenster verschwinden sah? Hast du etwas Bestimmtes gesucht?«

»Ich erwartete, zwei verschiedene Dinge zu finden. Das eine habe ich auch entdeckt – den zweiten Ring mit den Töchtern der Nacht. Du erinnerst dich doch noch, daß Cecile erzählte, ihr Vater hätte zwei Ringe angefertigt und jeder seiner Töchter einen gegeben. Das Juwelenhalsband dagegen, das von Mrs. Markham auf der Bank deponiert wurde und heute ihr einziges Vermögen darstellt, habe ich leider nicht finden können – es war eine große Enttäuschung für mich. Die Bank ist ja dafür verantwortlich und muß ihr die Summe von hundertzwölftausend Pfund zahlen. – Aber schau – da ist der Ring!«

Er nahm ihn aus der Westentasche und zeigte ihn ihr. Der Schmuck glich genau dem Stück, das Cecile Cameron getragen hatte. Margot nahm den Ring in die Hand und bewunderte ihn.

»Sanderson hatte eine abgerissene Fotografie in der Hand, als ich ihn fand. Es war eine Aufnahme von Mrs. Markham, die den Ring am Finger trug. Der Ring freilich sagte Sanderson nichts, denn darüber wußte er ja nicht Bescheid. Aber er muß Stella einmal kurz gesehen haben und fand nun, daß die Dame auf der Fotografie große Ähnlichkeit mit ihr hatte. Durch Winters liebenswürdiges Wesen ließ er sich täuschen und lud den vermeintlichen Butler an dem Abend, an dem Mrs. Markham abreisen wollte, noch zu sich ein. Er wollte ihn als seinen Agenten benützen und zog ihn ins Vertrauen, damit er seine Herrin in Amerika beobachten sollte. Ausgerechnet Winter sollte ihm die letzten Beweise für die Identität von Mrs. Trenton alias Mrs. Markham beibringen! Das würde jedenfalls alle Tatsachen erklären. Gewißheit wird man wohl nie darüber erhalten können, da die Hauptbeteiligten an dieser Tragödie nun tot sind.«

»Was ist dann weiter geschehen?«

»Winter kam an dem Abend zur Bank. Mrs. Markham mag vielleicht in dem Auto gesessen haben, das auf der anderen Straßenseite hielt. Vermutlich geriet Winter in große Bestürzung, als er die Fotografie in Sandersons Besitz sah. Denn wenn Stella identifiziert würde, dann konnte es sich nur noch um eine Frage der Zeit handeln, bis auch er entlarvt wäre. Wie nun allerdings Winter Sandersons Revolver – das heißt, eigentlich war es ja mein Revolver – an sich gebracht hat, das bleibt auch so ein rätselhafter Punkt, der sich nicht mehr rekonstruieren läßt. Jedenfalls schoß er Sanderson nieder und riß ihm die Fotografie aus der Hand. Er muß gerade in dem Augenblick durch den Gang geflohen sein, als ich in mein Büro trat.«

»Aber was ist mit dem Juwelenhalsband passiert?«

»Während ich in Sandersons Büro stand und auf den Toten blickte, hatte ich das bestimmte Gefühl, daß Mrs. Markham in irgendeiner Weise in den Fall verwickelt sein müßte. Ich nahm meine Schlüssel, ging in den Tresorraum und öffnete den Safe. Eigentlich erwartete ich, ihr Paket nicht mehr vorzufinden. Sanderson hatte mir erzählt, daß Winter bei seinem Besuch auf der Bank sich das Paket angesehen habe. Ja, er hatte mir sogar berichtet, daß Winter ihm einen draußen auf der Straße vorbeigehenden Mann, den seine Herrin nicht leiden könne, gezeigt habe. Ich fand jedoch das Paket, nahm es mit zum Tisch und öffnete die Siegel. Und wie ich vermutet hatte, war der Glaskasten leer.«

»Was war denn geschehen?«

»Winter hatte den ganz gewöhnlichen Trick angewendet, zwei gleiche Pakete miteinander auszuwechseln. Er hatte ein ganz ähnliches Paket in braunem Papier zur Bank mitgebracht, das auf gleiche Weise versiegelt war, und während er Sandersons Aufmerksamkeit ablenkte, indem er ihm jemanden auf der Straße zeigte, vertauschte er die beiden kleinen Päckchen. – Nun wußte ich, daß Winter an dem ganzen Fall beteiligt war, ja, ich ahnte bereits, daß nur er es gewesen sein konnte, der Sanderson getäuscht und ermordet hatte. Ich nahm an, daß Mrs. Markham Moorford schon verlassen habe – wahrscheinlich befand sie sich zusammen mit Winter bereits auf der Fahrt nach Southampton. Ich mußte also schnell nachdenken und einen Entschluß fassen. So holte ich zweihundert Pfund aus einer Schublade meines Schreibtischs, eilte nach Hause und nahm meinen Koffer, der bereits für meinen Besuch in London gepackt war. Den Rest der Geschichte kennst du ja.«

»Was wolltest du an Bord des Schiffes?«

Er lachte.

»Ich wußte doch, daß der Mörder an Bord sein mußte, und außerdem warst doch auch du auf der ›Ceramia‹.«

»Jim, schäme dich, daß du die beiden Dinge in einem Atemzug nennen kannst. Das nennst du Liebe –?«

»Gewiß. Und ich kann dir ganz aufrichtig sagen – das einzige, was mich damals dazu antrieb, dieses Abenteuer zu beginnen, war das Bewußtsein, daß du in meiner Nähe sein würdest.«

Sie sah ihn von der Seite an. »Meinst du das wirklich?«

»Selbstverständlich . . .« Er schwieg und schien verletzt.

»Aber –«, begann Margot wieder, »du hast mir noch nicht gesagt, was aus dem Halsband geworden ist?«

Er zuckte verzweifelt die Schultern.

»In den weiten Taschen von Tonys Breeches steckten so viel Juwelen und Brillanten, daß ein Juwelier zehn Jahre lang davon hätte verkaufen können. Aber es war nichts darunter, was dem Juwelenhalsband von Mrs. Markham auch nur im entferntesten ähnlich gesehen hätte. Das ist eine fatale Tatsache für mich. Ich möchte bloß wissen . . .«

»Glaubst du, daß Mrs. Markham das Halsband nicht besitzt? Und, wenn sie es nicht hat – wird in diesem besonderen Fall die Bank überhaupt bezahlen müssen? Winter, also ihr eigener Mann, hat ja selbst . . .«

Jim hob abwehrend die Hände.

»Das alles läßt sich im Augenblick noch gar nicht absehen.«

»Übrigens – ich bin gespannt, ob ihre New Yorker Freundin die Konfektschachtel abholt.«

»Was für eine Konfektschachtel?« fragte Jim plötzlich interessiert. »Hat Stella eine Freundin in New York?«

»Ach, ja, irgendeine Dame sollte nach der Schachtel fragen – und ich soll sie ihr überreichen.«

Jim faßte Margot hart an der Schulter. »Wo ist das Päckchen?«

»Du meinst doch nicht etwa –?«

»Wir wollen es sofort untersuchen.«

Sie eilten zusammen den Gang entlang zu Margots Zimmer und schlossen den Koffer auf.

Mit zitternden Händen riß Margot das Packpapier von der Schachtel. Jim öffnete sofort den Deckel.

»Es ist tatsächlich Konfekt«, sagte er. »Das heißt . . .«

Er fühlte mit den Fingern zwischen die einzelnen Stücke, schob das Gebäck dann beiseite und zog einen Gegenstand heraus, der glitzerte und glänzte. »Margot, unsere Zukunft ist gesichert!«

»Sie war schon gesichert, als du vor dem Ertrinken gerettet wurdest.«

»Jetzt erklärt sich auch alles andere. Tony hat sich doch in deiner Kabine zu schaffen gemacht?«

»Der Major – ich meine, Romano – ja! Ich habe es ihm direkt auf den Kopf zugesagt. Aber was hat das jetzt zu bedeuten?«

»Er ist dorthin gegangen, um sich zu überzeugen, daß das Halsband wirklich dort war. Es ist Stella Markhams persönliches Eigentum, und er sorgte sich deswegen. Wahrscheinlich hat er vermutet, daß Stella es dir zur Aufbewahrung übergab, und hat deine Kabine durchsucht, um sich zu beruhigen. Er hat sie über alles geliebt.«

»Was, Tony Romano hat Mrs. Markham geliebt?« fragte Margot erst ungläubig, aber dann erinnerte sie sich.

»Ja, seine Liebe war so groß, daß er die geliebte Frau rettete – genau wie du mich gerettet hast, als du in deinem hübschen Schwimmanzug ins Wasser sprangst . . .«

Sie sah ihn etwas ärgerlich an, aber er schloß sie lachend in die Arme.